어쩌다 히키코모리,
얼떨결에 ————— 10년

어쩌다 히키코모리,
얼떨결에 ──── 10년

만렙 집돌이의 방구석 탈출기

김재주 지음

한국경제신문

분명, 이런 사람이 나만은 아닐 텐데

10년. 내가 방에서만 보낸 시간이다. 사람들은 나를 '은둔형 외톨이(히키코모리)'라고 불렀다.

세상에는 의외로 여러 유형의 은둔형 외톨이가 있다. 타인과의 대화가 어려운 사람들, 타인의 시선이 불편한 사람들, 사회로부터 스스로를 격리하는 사람들. 사실 그들 모두가 걸어 다니는 자발적 외톨이들이다.

외톨이들은 혼자일 때는 외롭고, 함께일 때는 초조하고 불안하다. 결국 차악인 외로움을 선택한다. 사방이 차단됐으니 그들은 나가고 싶어도 나갈 수가 없다.

밖으로 나온 지금이야 '그들'이라 부르고 있지만, 그 안에 있을 때는 세상에 이런 유형의 인간이 오로지 나 하나뿐이라 생각했다. 그래서 더욱 지독하게 외로웠다. 그 믿음이 참담했고 스스로를 고립되게 만들었다.

그러다 어느 날 문득 생각했다.

'분명 이런 사람이 나만은 아닐 텐데.'

나는 찾아봤다. 스스로를 사회에서 격리한 사람들을 위한 책이 한두 권쯤은 있을 것이라 생각했다. 그러나 그들을 위로하는 책은 없었다.

나뿐만이 아닐 텐데, 밖으로 나가고 싶어 하는 사람이 세상에 수없이 많을 텐데…. 방문을 열고 밖으로 나가는 내 이야기가 누군가에게 도움이 될 수 있지 않을까.

그래서 이렇게 썼다. 조금씩 끼적인 메모들을 모아 글로 엮었다. 어느새 제법 묵직한 기록이 됐고, 결국 책 한 권 분량의 원고를 완성했다.

만약 세상의 은둔자들이 이 글을 책으로 만나고 있다면 나는 이미 문고리를 돌려 세상 속으로 한 걸음 들어선 것이리라.

나 먼저 간다. 언젠가 당신도 눈앞의 방문을 열고 당신의 삶을 되찾길 바란다. 이 책이 그 길의 시작이 됐으면 좋겠다.

어느 날 방문을 열고 나오며.

어쩌다 히키코모리,
얼떨결에 ——— 10년

방 안에 끼인
그 남자는
어떻게 되었나

° 전철 자동문

　사람들은 내가 어떻게 살아왔는지 모른다. 알고 싶어 하지도 않고 관심도 없다. 자연스럽게 과거 이야기가 나오면 딱하게 보는 사람과 폐인으로 여기는 사람으로 나뉠 뿐이다.

　초창기에는 이런 일도 겪었다. 강연이 끝나고 모인 사람들끼리 직업 이야기를 하게 됐다.

　"자기소개 때 재주 씨는… 아 맞다, 백수랬죠? 그래서 이런 곳 자주 다니나 봐요?"

　사람들도 많은 곳에서 굳이 부탁하지도 않은 내 소개를 또다시 강제적으로 해주다니…. 그는 너무 예의 없었고, 나는 수치스러웠다. 얼굴이 붉게 달아올랐고 마음에 상처를 입었지만, 사실이었다.

　"백수가 아니라 은둔형 외톨이였다가 이제 용기 내서 나온 사람입니다. 그래서 아직 직장이 없습니다"라고 말해 봤자다.

　남들 눈에는 그게 그거다. 히키코모리든 백수든 게임 폐인이든 심각한 오타쿠든 말이다. 마치 다 같은 모양의 QR 코드와 비슷하다. 스마트폰을 들고 크기에 맞게 잘 찍어야만, 모두 다른 종류가 재생된다는 것을 알 수 있다.

　모두가 친절하지는 않다. 이해하고 배려하려는 마음은 찾아볼 수 없고, 그 말이 왜 상처가 되는지 모르는 사람들이 많다. 방 밖으로 나올 때는 언제나 이런 상황들까지 예상하고, 마음의 준비를 단단히 해야 한다.

　오늘도 강연장으로 향하는 길에 전철 자동문 밖에 이런 문구가 보인다.

　"무리한 승차는 사고의 원인이 됩니다."

°소름 끼치는 명함

"지금 흘리는 땀이 10년 뒤 나의 명함이 됩니다."

예전에 이런 멘트가 나오는 공익광고가 있었다.

은둔자 생활을 할 때 늘 이 멘트가 거슬렸다.

그럼 나는 뭐란 말인가? 무더운 여름날 방문을 닫고 그 안에서 종일 게임과 야동을 보며 흘리는 땀밖에 없는데, 10년 뒤 무슨 명함을 갖게 된다는 거야?

이렇게 생각한 적이 수도 없다.

소름 끼치게도 10년 뒤, 나는 정말 '은둔자'라는 명함을 획득할 수 있었다.

◦ 워크숍 가는 길

대학생 때 간 MT, 제대하고 나서 놀러 간 구룡포 해수욕장에서 빠져 죽을 뻔했던 여행이 끝이라고 생각했다. 이런 날이 올 줄은 상상도 못 했다.

강연장에서 만난 사람들과 가평으로 1박 여행을 가기로 했다.

'16년 만인가…'

여행 전날 밤, 설렘과 기대감으로 한숨도 자지 못했다.

다음 날 아침도 약속 장소에 너무 일찍 도착해 일행을 기다렸다. 무료해하며 멍을 때리고 있는데 문자 한 통이 왔다. 금방 도착하니 역 앞 편의점에서 아메리카노 라지 사이즈 네 잔을 부탁한다는 내용이었다.

주위를 둘러보니 편의점이 보였다. 편의점으로 들어가 이리저리 둘러봤다. 커피가 나오는 기계가 보였다.

컵은? 버튼은? 에스프레소는 또 뭐지?

고개를 돌려 편의점 직원을 쳐다봤다. 물어보려고 생각하자 심장이 뛰기 시작했다.

'이것도 모른다고 뭐라고 하면 어떡하지?'

타인에게 말을 건다고 생각하기만 해도 숨이 가쁘고 긴장됐다. 숨이 멎을 듯한 순간을 간신히 넘기고 솔직하게 문자메시지를 보냈다.

"죄송합니다. 커피를 사본 적이 없어요. 사는 법을 모르겠습니다."

조금 있어 커피를 부탁했던 사람이 왔다. 이해가 가지 않는다는 표정으로 나를 쳐다봤다. 커피도 사기 싫어하는 짠돌이라고 여겼을지도 모르겠다.

출발하는 차 안에서 그가 물었다.

"재주 씨, 아까 보낸 문자. 커피를 사본 적 없다는 거. 그게 무슨 말인가요?"

차 안에 무거운 공기가 흘렀다. 나는 천천히 이야기를 시작했다. 그동안의 이야기를.

잠시 뒤, 그는 편의점 앞에 차를 세우고 내게 커피 사는 법을 알려줬다.

° 건너편 청년

내가 처음 담배에 손을 댄 것은 대학생이 되고서였다. 평소에는 담배를 전혀 안 피우다가 가끔 동기나 선배 들이 다 같이 담배를 피우면, 이상하게 지기 싫은 마음이 들어 따라 피우곤 했다. 결국 그것이 '프로 흡연러'가 되는 빌미를 제공했다.

그때부터 지금까지 담배를 배우길 잘했다고 느낀 때는 딱 한 순간뿐이었다.

바로 군대에서다. 작업 도중에 계급이 높은 사람이 담배를 피우면 다른 흡연자들도 함께 담배를 피우며 단 3분이라도 쉴 수 있었다. 상급자가 담배를 자주 많이 피울수록 흡연자들은 더 많이 쉴 수 있었다. 비흡연자만 손해 보는 이런 상황에 열 받아 담배를 배운 병사도 여럿 됐다. 나 역시 군대에서 프로 흡연러가 됐다.

내가 가는 곳마다 담배꽁초들이 수북이 쌓였다. 대학교 동아리방, PC방, 술집 가리지 않았다. 그래도 서른 전에는 집에서 피우지 않았다.

밖으로 나가지 않는 시간이 길어지면서 결국 방에서 라이터

불을 댕겼다. 사람만큼 빨리 습관에 길들여지는 동물이 있을까. 처음에 어려웠지, 이내 담배 구름이 방에서 사라질 줄을 몰랐다.

새하얗던 벽지가 갈색으로 변해갔다. 문, 유리창, 모니터 할 것 없이 사방에 니코틴이 내려앉아, 간만에 닦기라도 하면 물티슈에 손 모양이 새겨지는 놀라운 마술 쇼가 펼쳐졌다. 키보드는 재떨이로 착각할 정도. 재채기를 잘못하면 순식간에 은빛 먼지들이 방을 날아다녔다.

어머니는 내 방에 들어오기를 점점 싫어하셨고, 결국에는 환기를 시키라고 일갈하셨다. 추운 겨울에 한 시간 정도 창문을 열어놓은 채 게임에 열중하다 보니 동상에 걸릴 것 같았다. 서둘러 문을 닫고 게임을 하려는 찰나, 다시 담배 냄새가 스멀스멀 올라왔다.

그다음 날에도 여느 날처럼 너구리 소굴이 된 방을 환기하려고 창문을 열었다. 말했다시피 나는 엄청난 골초가 돼 있었기 때문에 환기하면서도 담배를 피웠다. 그래도 양심은 있어서, 환기하는 중에는 창가에서 피웠다.

그렇게 가끔 창문에 기대어 담배를 피울 때면 늘 마주치는 사람이 있었다.

'뭐 하는 사람일까? 이 시간에 집에 있는 사람 드문데.'

'저 사람도 뭔가 답답한 일이 있나 보다.'

'멀리서 봐도 떡진 머리. 지금 일어난 건가? 무슨 일을 하기에.'

'옷이 저것밖에 없나?'

'저, 저, 배 나온 거 봐. 딱 보니 백수네.'

'흠, 너무 자주 마주치는데 민망하게.'

'저 사람이 피울 때 내가 피우는 건가, 내가 피울 때 저 사람이 피우는 건가?'

'또 피워?'

'어떻게 창문만 열면 있지? 담배 피우는 허수아비인가?'

'아따, 저 사람 엄청 골초네.'

'몇 달째야. 일도 안 하나? 뭔데 매일 집에만 있는 거야?'

그러다 문득 밀려드는 생각.

'혹시, 저놈도 지금 같은 생각이지 않을까?'

'어쩌면 우리는 그동안 서로를 한심하게 생각하지 않았을까?'

그리고 뒤늦게 드는 생각.

'저 사람보다는 먼저 사회로 나가고 싶다. 저 사람부터 안 보이면 허전할 것 같아.'

▨ 추신

이사를 갔는지 언제부터인가 그 사람이 보이지 않는다. 좋은 에피소드를 남겨준 그분이 어디선가 또 누군가를 향해 담배 뻑뻑 피우지 않고, 원하는 일 찾아 잘 살고 있기를 기원해본다.

경제생활을 못 한 지 몇 년. 엄마는 놈팡이 아들을 보며 화 한 번 내신 적 없다. 오히려 아들 기죽을까 봐 용기를 북돋운다.

"난 우리 아들 믿는다."

분에 넘치는 사랑을 받아서였는지, 못나게 굴어 미안해서였는지 그냥 지금 처한 상황이 마음에 안 들어서였는지 모르겠다. 나는 괜히 엄마에게 욱하기 일쑤였다.

'뭘 잘한 게 있다고 화내는 건지.'

엄마는 내가 화낼 수 있고, 내 화를 받아주는 유일한 사람이다. 어떻게 나 같은 아들을 믿고, 비위를 맞춰주면서 살아오셨을까.

몇 년 전부터는 눈치가 보여 설거지도 자주 해놓고, 빨래도 돌리는데 한 가지가 눈에 계속 밟혔다.

어머니의 속옷이 많이 해졌다. 아버지와 달리 어머니는 속옷도 별로 없다. 몇 장 없는 속옷을 오래 입었으니 당연한 것이겠지. 그 속옷을 몇 년간 건조대에 널다 보니 나의 무능이 뼈저리다.

엄마도 엄마 이전에 여자인데, 어찌 다 해져버린 속옷이 좋겠는가. 그런데도 엄마는 남편과 아들 옷 걱정만 하신다. 내가 밖에 나가지 않는 이유가 옷이 없어서라며, 오늘도 티셔츠 몇 장을 까만 봉지에 담아 오신 엄마.

▨ 추신

이 책이 출판돼 아주 적은 돈이라도 벌 수 있게 된다면, 가장 먼저 어머니의 속옷을 사드릴 것이다.

"감사하고 사랑합니다."

○ 십덕후

어느 날, 친구가 내 방으로 찾아와 물어본다.

"네가 그 오타쿠인가, 십덕후인가 그런 거냐?"

"아니, 난 히키코모리라는 거야."

"어쨌든 방 안에서 은둔해서 살고, 막 일본 만화 보고 인형 베개랑 사랑에 빠지고 이러는 거냐?"

"아니, 난 히키코모리라고 은둔형 외톨이 같은 거야. 인형하고 사랑에 빠지진 않아."

"암튼 둘 다 방 안에서 거의 안 나오고, 게임만 하고, 만화 보고 이런 거 아니야? 똑같은 거 아냐?"

"음, 아니, 차이가 있다면 그들은 자신이 즐거워하고 재미있어하는 걸 하지. 난 딱히 좋아하는 것도 없고, 뭔가를 하면서 행복해하지 않아."

"그럼 장난감 모으고 인형이랑 사랑에 빠지는 사람들보다 못한 거네?"

"…."

오랜만에 와서 이렇게까지 알려주고 고맙다. 개새끼야.

○ 방구석 MSG

필요하다. 내 인생에. 아무리 육수를 잘 우려내도 소금이 없으면 맛이 없다. 설탕 없이 너무 쓰기만 한 커피도 마시기 힘들다. 내 삶에는 더 강한 MSG가 필요했다.

게임이라는 단맛, 야동이라는 자극적인 맛, 버라이어티쇼라는 새콤한 맛, 영화라는 시원한 맛, 애니메이션이라는 상큼한 맛. 계속해서 내 삶에 MSG를 때려부었다.

나중에 알게 됐다. MSG를 빼면 맛은 없지만 건강해진다는 것을. MSG를 줄이면 '시간 낭비'라는 이름의 비만에서 벗어나 살이 빠진다는 것을 말이다.

세상으로 나가고 싶은데 발걸음이 안 떨어졌다. 그래서 생각한 것이 방구석 식단 조절이었다.

너무 잘 안다. 세상으로 나가는 것이 얼마나 힘들고 결단이 필요한 일인지. 지금 누리는 편안한 모든 것을 포기해야 할지도 모르고, 현실을 살고 있는 사람들로부터 상처를 받을지도 모른다고 생각하니 겁이 났다. 그래서 우선 방에서 MSG를 줄이는 노력부터 하게 됐다.

맹자 할아버지 왈.
근심과 걱정이 너를 살릴 것이오,
안락함이 죽음에 이르게 할 것이다.
(생어무환 사어안락, 生於憂患 死於安樂)

° 1분이면 족해

　방에서만 지내면 제일 처음으로 망가지는 것이 바로 건강이다. 아침, 점심, 저녁의 개념이 불분명해지고, 그저 배가 고프면 주변에 보이는 음식물로 허기를 달래는 것이 일상이다. 그러다 보니 하루에 한 끼도 먹지 않을 때가 있고, 세 끼를 몰아서 한 번에 먹을 때도 있다. 그런 식습관의 말로는 배가 불룩하게 나온 D자형 몸매다.

　밥은 항상 내 방에서만 먹었다. 다음 게임을 해야 하기에 밥 먹는 시간은 1분을 넘지 않는다. 심지어 1분도 아까워서 왼손에 스마트폰을 들고 버라이어티 예능 영상을 보며 먹는다.

　식탁은 키보드만 왼쪽으로 치우면 된다. 가끔 김치 국물이나 반찬 양념이 바로 옆 침대에 튀면 짜증을 내면서도 그 자리를 벗어나질 못한다. 게임을 하면서도 먹고, 채팅을 하면서도 먹는다. 먹는다는 것은 그저 생명 연장과 허기를 달래는 수단이었다. 게임이 멈추는 단 1분도 아까웠다.

　내 의지와 별개로 취업을 해서 중국에 있을 때는 더했다. 느끼한 중국 음식이 입에 맞지 않았다. 하루에 한 끼를 먹으면 많이 먹는 것이었다. 그것도 한국 라면이나 인스턴트 카레를 부은 밥을 일 분 만에 먹었다. 먹지 않으면 정말 굶어죽을까 봐 악착같이 라면을 챙겨 먹었다. 그래도 배가 고프면 콜라로 배를 채웠다. 중국에서 사는 동안 1.5리터 콜라를 매일 마셨다. 그렇게 사람은 콜라만으로도 살 수 있다는 것을 배웠다.

이때 느낀 슬픔을 시로 표현하고 싶다. 잠시 하상욱 시인으로 빙의하겠다.

제목 : 당(糖)

배안에 들어간 당

어쩐지 든든하 당

물로만 배부르 당

신기한 과학이 당

매일을 그리했 당

무언가 잘못됐 당

분명히 달라졌 당

배보니 깨달았 당

◣ 추신

이제 와서 생각해보니 사람의 몸은 갑자기 살이 찌거나 빠지지 않는다. 내가 알아차리지 못하는 사이, 야금야금 변할 뿐이다.

어느 날 오랜만에 우연히 만난 친구 J가 말한다.

"야! 요새 인간이 어디까지 살찔 수 있나 실험하나?"

⚬날 보러 와요

'예전엔 그렇게 많이 구경하러 오더니'라고 삐친 목소리로 말한다. 남자면서도 삐치는 게 나랑 똑 닮았다.

오랜만에 그를 만났다. 속 좁은 것뿐 아니라 생긴 것도 나와 똑같다. 그렇게 나는 그를 통해 나를 본다.

거울을 들여다본 게 언제였는지 생각조차 나지 않는다. 저번에 여드름이 나서 터뜨렸던 것 같긴 한데. 도무지 기억이 나질 않는다.

예전엔 얼굴을 자주 들여다봤는데, 요즘은 그마저도 의미가 없어서 눈길을 주지 않는다. 나갈 일도, 만날 사람도 없으니 꾸밀 필요도 없다. 그와는 그렇게 멀어져갔다.

거울에서 보이는 모습들이 점점 싫어지는 것일까? 나이 먹고 생긴 주름, 푸석해진 피부, 백발이 되어가는 새치, 처져가는 턱살, 늘어지는 뱃살. 뭐 하나 보고 싶은 게 없다. 그래서인지 계속 거울을 보지 않게 된다.

오랜만에 만난 거울 속 나는 단 1도 변하지 않았다.

보지 않는다고 변하지 않는 것이 아닌데. 어쩌면 피하려고만 했는지도 모른다. 그래 봤자다. 그러면 그럴수록 영화 〈좋은 놈, 나쁜 놈, 이상한 놈〉의 이병헌의 목소리가 생각난다.

"그게 쉽게 잊히나."

변하기 위해서는 먼저 자기 자신을 똑바로 바라보는 용기와 시간이 필요하다. 외모, 콤플렉스뿐만 아니라 들추기 싫은 기억, 쪽팔렸던 순간, 하지 말았어야 하는 말과 행동, 미련이 남고 후회가 남는 모든 것, 나약한 모습과 나쁜 습관까지, 부끄러운 모든 것을 끄집어낼 용기를 한 번은 내야했다.

나는 진정성 있게 찬찬히 돌아보는 시간이 가졌다. 이 단계를 넘어야 지금 내가 어떤 사람인지, 무엇을 좋아하고 잘하는지 생각해볼 수 있다고 생각했다.

'척' 하려고 하면 자신을 또 다른 모습으로 포장하게 된다. '척'은 또 다른 '척'을 낳고 결국 '척'만 하는 인생을 살게 된다.

거울에 비친 나를 보며 자신과 마주하기 시작한다.

'난 왜 이렇게 쓸모없는 인간인 걸까?'

'도대체 시작해서 제대로 끝내는 게 하나도 없잖아.'

'의지는 왜 이렇게 약하고, 싫증은 또 왜 이렇게 금방 내는지.'

'남이 떠주는 것도 제대로 받아먹지도 못하는 바보 천치.'

이 순간의 생각과 감정을 혹여나 놓치지 않을까 프린터에서 A4 용지를 재빨리 꺼내 모든 것들을 써내려가기 시작했다. 다

적고 나니 스무 장가량이 됐다. 대부분 부정적인 것들이었다. 하지만 새로 발견한 사실들도 있었다.

　나는 단지 누군가 떠먹여주는 숟가락을 거부했을 뿐이다. 그리고 좋아하는 것들은 꾸준히 하는 경향도 있다. 보잘것없는 인생의 낭떠러지에서도 '이게 나요'라고 말할 만한 것이 있었다.

　새로운 자신을 찾아보고 싶다면 현재의 자신을 들여다보고, 이때 드러나는 생각과 감정, 느낌 등을 신랄하게 적어보는 것이 도움이 될지도 모르겠다.

▨ 추신

이날 떠올린 생각 중 최악이 뭔지 한참을 생각해봤지만 아쉽게도 기억이 안 난다. 그 당시 손으로 갈기갈기 찢어 휴지통에 버렸을 뿐인데, 얼마 되지 않아 잊었다. 마음의 짐을 놓게 됐다. 그렇게 조금씩 커가나 보다.

° 3만 원짜리 고객

어쩌다 한 번 외출하기 때문에 입을 만한 옷이 별로 없다. 티셔츠들은 하나같이 목이 가슴팍 아래까지 쭉 늘어져 있다. 내가 봐도 한심스러울 때가 많다. 하지만! 행색이 초라하다고 해서 정신까지 초라한 것은 아니다.

백화점을 간 적이 있다. 제법 큰 결심을 하고 갔다. 여기서 큰 결심을 했다는 건 비싼 옷을 사러 갔다는 뜻이 아니라 외출 그 자체가 큰 이벤트라는 말이다. 아무튼 백화점에서 저가 브랜드 매장을 찾아가 3만 원짜리 청바지를 골라 탈의실로 향했다. 탈의실에 막 들어가서 바지를 벗으려고 하는데 한 직원의 다급한 말투가 들렸다.

"거기! 들어가시면 안 되는데!"

나는 왜 그런지 물어봤다. 직원은 귀찮아하며 여성들이 속옷을 갈아입는 전용 탈의실이라고 알려줬다. 손님이 없는 시간대인지라 탈의실 대부분이 텅 비어 있었고, 보통 남자들이 그렇듯 약 일 분이면 갈아입고 나왔을 것이다.

'그런데 들어간 사람을 굳이 나오게 할 필요가 있었을까?'

생각이 거기까지 미치자 화가 났다. 손님을 무시하는 것 같은 태도와 말투. 지금 와서 생각해보면 일종의 자격지심이 아니었나 싶다.

'그래, 너 오늘 잘 걸렸다.'

'거기!'라는 지시대명사는 나를 사물처럼 취급했다고 받아들이기에 충분했고, '들어가면 안 되는데…'라고 끝을 흐리는 말은 존대인지 반말인지 분명하지 않아 기분을 상하게 했다.

"'거기'라고 말한 건 저를 말씀하신 건가요? 굳이 들어간 사람을 다시 나오라고 할 필요가 있었을까요? 기분이 조금 나쁘네요. 매장 담당자를 만나고 싶습니다."

그러자 직원은 "담당자 불러오면 되죠?"라며 대수롭지 않다는 태도로 자리를 떠났다.

'저런 씨X. 니들 다 죽었어!'

슬금슬금 차오르던 분노가 끝내 뚜껑을 뚫고 나왔다. 담당자고 나발이고 필요 없었다. 본사에 전화를 걸었다.

"저는! 직원들도 누군가의 귀중한 자식이라고 생각하고 최대한 예의를 지키는 사람 중 한 명입니다! 하지만 그 직원의 경우는 다른 것 같습니다. 3만 원짜리 옷을 사러 왔다고 해서 3만 원짜리 손님 보듯 응대한 것 같습니다! 이 부분을 교육해주세요!"

이렇게 요청했다.

그래도 분이 풀리지 않았지만, 거듭 죄송하다는 본사 담당자의 말에 이만하면 됐다는 생각이 들어 거친 걸음으로 엘리베이터로 향했다.

엘리베이터 문이 열리고, 안으로 들어가 1층 버튼을 눌렀다. 그리고 고개를 올리니 거울 속 한 남자와 얼굴을 마주쳤다. 나는 다시 고개를 떨구고 밑에서부터 시선을 훑어 올라오기 시작했다.

밑창이 다 닳은 운동화, 양쪽 무릎이 툭 튀어나온 빛바랜 회색 추리닝 바지, 보풀이 잔뜩 붙어 있는 긴팔 티, 언제 깎았는지 모르겠는 지저분한 수염, 기름을 짜도 될 것 같은 머리 스타일.

그를 무시하고 싶었다. 순간 얼굴이 화끈거렸다. 이런 모습으로 아까 그 사람에게 화냈던 것인가.

'그 사람은 나를 어떻게 봤을까?'

지금도 간혹 그날을 생각하면 얼굴이 화끈거린다. 그리고 그 직원 분께 무척이나 죄송하다.

그날 이후 집 밖에 나갈 때는 옷장 깊숙이 넣어놓은 몇 번 입지 않은 5만 원짜리 바지를 꺼내 입고 머리를 감는다. 손톱은 길어 보이지 않는지 다시 한 번 신경을 쓰고 면봉으로 귀를 두어 번 더 쑤신다. 물론 양치도 한다.

°않으니까

고모는 부평에서 꽤 잘나가는 미용실 원장님이다. 조카 된 도리로 한 달에 한 번은 찾아가서 커트나 펌, 염색 등을 번갈아 한다. 일종의 바깥세상 체험이다. 커트 1만 5,000원, 염색과 펌이 각각 5만 원이다. 사실 조금 버겁다. 돈을 버는 것도 아니고. 그래서 어머니의 심부름 용돈을 열심히 모은다.

야한 생각을 많이 해서 그런지 머리칼이 빨리 자라는 편이다. 물 주면 쑥쑥 자라나는 잔디 인형급이다. 솔직하게 말하자면 그곳에 가면 머리를 손질해주는 예쁜 여직원도 있고, 나름 단골이라 대화도 나눌 수 있어 좋다. 오해는 말길. 매번 그런 이유로 가는 건 아니다.

1년에 두 번. 반드시 가야 하는 날이 있다. 바로 명절 전이다. 구정과 추석 전에는 친척 어른들에게 방구석 폐인인 것을 들키지 않기 위해 정말로 세련되게 꾸며야 한다. 잠깐 동안 페이크를 쓰는 것이다. 그 외 열 달은 별 의미가 없고, 돈도 좀 아깝다.

왜냐고?

밖에 나가질 않으니까.

°방의 말

"야!"

"아, 왜…."

"일어나! 열 시가 넘었어."

"좀 더 잘래!"

"일어나! 이 놈팡이 같은 놈아!"

나는 애써 기지개를 켠다.

"알았어."

부모님은 모두 일하러 나가시고 집은 이제 나 혼자만의 시간
이자 공간이다. 고양이 세수를 하고 컴퓨터를 켠다.

"좀 씻지? 양치라도 하든가. 아침밥부터 먹는 게 어때?"

"아, 쫑알쫑알 말 많네. 이따 할게."

게임 삼매경에 빠져 있다 보면 어느덧 점심시간이 된다.

"밥 먹으라고."

"알았어. 알았다고."

달걀 프라이에 김을 잘라 넣고, 참기름과 간장을 한 숟가락씩
김이 모락모락 나는 흰밥 위에 뿌린다. 이 순간은 내가 백종원

이다.

"음, 맛있어."

그렇게 점심을 마치면 또 잔소리가 들려온다.

"오늘은 도서관에 가서 책이라도 한 권 빌려서 봐. 아니면 근처 공원에서 걷기 운동이라도 하며 좀 움직여."

"아, 몰라. 나 밥 먹어서 좀 졸려."

"설마, 아니지?"

나는 슬그머니 침대로 들어가서 TV를 보다 낮잠에 빠진다.

한 시간 정도 흘렀을까? 그 녀석의 간섭이 없다. 다시 컴퓨터를 켜고 한구석의 폴더를 더블클릭한다.

"야! 너 설마…."

"조용히 해! 나도 남자란 말이야."

'와, 너 진짜 대단하다."

난 대꾸 없이 내 할 일을 한다.

"넌 어떻게 매일이 똑같냐? 〈사랑의 블랙홀〉(똑같은 날이 반복되는 소재의 영화) 찍냐?"

"시끄러워. 저녁 뭐 먹을지 생각 중이란 말이야. 빠밤빠밤~, 그래! 결심했어!"

"아오, 아재. 언제 적 거 하냐?"

저녁을 마치자마자 또 간섭질을 한다.

"설거지해. 빨래도 좀 돌려놓고."

이건 고분고분 따라야 한다. 노는 아들이 부모님께 할 수 있는 최소한의 예의다.

"이젠 또 뭐 할 거냐? 게임? 야동? TV?"

"모르겠어. 나라고 이 생활이 좋은 줄 알아?"

"오늘 네 모습 중에 그러고 있는 게 제일 보기 좋다. 그래, 차라리 고민을 해라. 그리고 내일은 다른 모습 좀 보여줘라. 지겹다."

이 말을 끝으로 조용해진다.

"야! 네가 보는 내 하루가 그렇게 한심하냐?"

이제 방은 더 이상 내게 말을 건네지 않는다.

° 4978

방에만 있다가 겪은 가장 황당한 사건을 소개하고자 한다.

영화 채널에서 보고 싶었던 영화가 곧 시작한다는 예고를 본다. 이번 기회에 봐야겠구나 싶었다. 영화관에서는 팝콘과 콜라지만, 집에서는 역시 맥주와 쥐포다.

아직 한겨울 날씨였지만 슈퍼가 바로 앞이기에 집에서 입는 너덜거리는 반바지와 맨발에 슬리퍼를 신고 집을 나섰다. 서둘러 맥주 두 캔과 쥐포를 사서 집으로 돌아왔다.

'으, 추워!'

그리고 대문 앞 비밀번호를 누르는데…. 기억이 안 난다. 하도 집 밖에 안 나오니 비밀번호가 생각이 안 난다.

삑삑삑삑. 삐리리~.

삑삑삑삑. 삐리리~.

'아, 춥다. 이 한겨울 날씨에 지금 뭐 하는 건가.'

삑삑삑삑. 삐리리~.

삑삑삑삑. 삐리리~.

'아~ 뭐야. 정말.'

아는 번호를 다 눌러봐도 열리지가 않는다. 슬리퍼 밖으로 나온 발가락들은 아프다 못해 감각이 점점 없어져간다. 반바지 밑으로 나와 있는 두 다리는 경련하듯 후들거리고 있다.

상상이 되는가. 이게 무슨 시추에이션이란 말인가. 동네 사람들 지나가는 데서 한겨울 날씨에 얇은 추리닝 바람으로 머리는 거지 산발을 해가지고, 슬리퍼 밖으로는 맨살의 발가락들이 잔뜩 추위를 타고 있는 모습. 그러면서 비밀번호는 도대체가 기억 안 나는 이 상황.

어렴풋이 '4978'이라는 번호가 어렴풋이 생각나서 4978, 4987, 4789, 6748 등 순서를 바꿔 수십 번을 눌러댔다. 그러길 20분, 도무지 문이 열리지 않는다. 이제는 손의 감각도 희미해져갔다.

30분 정도 흘렀을 때 2층 사는 아주머니가 나오시다 나와 눈이 마주친다. 얼굴도 모르는 이 아주머니에게 다급하게 인사를 건넨다. 안에서 문을 열어주신다.

"감사합니다."

"여기에 사세요?"

"아, 네…."

"근데 대문 번호를 몰라요?"

"갑자기 잊어버렸네요. 몇 번이었죠?"

"XXXX요."

'아, 맞다. XXXX. 젠장.'

"네, 감사합니다."

영화는 이미 안중에 없다. 짜증으로 술을 비우고 계속 생각에 잠긴다.

'젠장, 4978은 뭐야 대체.'

저녁에 어머니가 돌아오시자 혹시나 하는 마음에 물었다.

"엄마, 4978이라는 번호 혹시 알아?"

엄마는 놀랍다는 눈빛으로 나를 쳐다보시면서 말씀하신다.

"응, 네 아빠 처음 산 차. 스텔라 번호. 그건 갑자기 왜?"

"아, 아냐. 그냥 갑자기 머릿속에 떠오르기에 무슨 번호인가 궁금해서."

그렇다. 난 30분간 비밀번호를 생각하느라고 아버지의 첫 차 번호까지 기억해내 눌러보고 있었던 것이다.

집에만 있다 보니 이런 일도 생긴다.

▨ 추신

'4885'도 눌렀었는데 나중에 알고 보니 영화 〈추격자〉에 등장하는 범인의 핸드폰 뒷자리였다. 그냥 기억나는 건 다 눌러본 것 같다. 전 여자 친구 생년월일, 통장 비밀번호 등등.

°그 형

오늘도 오전 열 시 다 돼서야 일어난다. 화장실을 가는데 출근하시는 어머니와 마주친다.

"어제 몇 시에 잤니?"

"새벽 네 시쯤요."

엄마는 한숨을 내쉰다.

엄마는 늘 '저 형' 같은 사람이 되라고 한다. 저 형 같은 인간이 되는 건 힘들다. 커피도 자제해야 하고, 에너지 드링크도 자제해야 하고, 저녁 먹는 시간도 앞당겨야 하고, 낮잠도 자지 말아야 한다. 심야 게임을 포기해야 하며, 그 시간대의 버라이어티쇼와 드라마도 포기해야 한다. 대체 이 모든 것을 포기할 가치가 있을까?

'어머니 부탁인데 도전이라도 해보자.'

'저 형' 같은 인간이 되는 건 힘들었다. 그의 이름은 '아침'이다.

아침 형.

아침형 인간.

하지만 지금은 도전하길 잘했다고 생각한다. 이 습관 하나로 하루를 길게 쓸 수 있게 됐으니 말이다.

어쩌다 히키코모리, 얼떨결에 10년

○ 색약

나는 적녹색약자다. 정확히 뭐가 안 보이는지는 모르겠다. 특정 색을 구분하지 못하거나 보지 못한다. 색을 구분하는 테스트에서 분명히 둥근 그림 안에 무슨 숫자가 쓰여 있다고 하는데, 나는 아무것도 보이지 않는다. 사람들은 다 볼 수 있다. 나만 못 본다.

보이지 않아도 존재하지 않는 것은 아니었다. 나는 남들이 다 볼 수 있는 삶을 보지 못했다. 보이지 않아도 존재하지 않는 것은 아니었다. 이렇게 나처럼 못 보는 사람이 여전히 많다.

▨ 추신

그동안의 나는 이 세상에서 찾아야 할 목표와 의미를 못 보거나 구분하지 못했다. 그래서 내 인생을 보는 눈도 색약이라고 생각해왔다. 그런데 지금은 남들과 다른 나를 구분해내 도와주지 못한 주변분들도 어쩌면 색약이 아니었나 생각해본다. 우리 역시 보이지 않더라도 존재하지 않는 것은 아니다.

○ 십덕후 2

오랜만에 친구가 내 방에 다시 찾아와 물어본다.

"네가 오타쿠인가 십덕후인가 그런 거라고 했나?"

"아니, 난 히키코모리라는 거야."

"방 안에서 은둔해서 살고, 막 특이한 것에 빠져 이상한 취미 생활을 하는 거 아냐?"

"아니, 난 히키코모리라고 은둔형 외톨이 같은 거야. 별다른 취미는 없어."

"TV에서 보니까 어느 한 분야에 막 엄청난 지식을 가지고 있고, 특별한 손재주 같은 재능이 있고, 지금 팔면 엄청나게 비싸게 팔리는 희귀 아이템 등을 모으고 그러던데. 넌 그런 거 없어?"

"음, 굳이 말하자면 야동, 일본 애니메이션 같은 거 모아."

"그런 걸 모아서 뭐 해?"

"…."

오랜만에 와서 이렇게까지 알려주고 고맙다. 개새끼야.

어쩌다 히키코모리, 얼떨결에 10년

○ 십덕후 3

단절된 생활을 접으면서 이것저것 시도해봤는데 그중 '벙개'라는 것도 있었다. 혹시나 하는 마음에 혼자 사는 사람들의 모임에 나가본 것이다. 그래 봤자 모르는 사람들이 모여 회비 내고 술 마시는 술 모임이었다.

친구를 만들 수 있지 않을까 하는 생각에 나갔는데, 역시나 금세 '외톨이 of 외톨이'가 됐다. 주변을 살피니, 말하지 않아도 나와 동족인 사람들이 몇몇 눈에 띄었다. 프로는 프로를 알아보는 법.

분위기상 내가 조금 선배 같았다. 그래도 만 원이나 내고 나온 건데, 같은 은둔자라도 친해지면 좋겠다는 생각에 그들과 대화를 시작했다.

그러다 구석에서 특이한 기운을 내뿜으며 앉아 있는 한 사람이 눈에 들어왔다. 다가가서 몇 마디 이야기를 나눠보니, 내가 느끼기에도 심각한 오타쿠셨다. TV에서나 봤지 실제로 본 건 처음이었다. 연예인 같았다.

그는 내가 말을 걸자 신나서 자신이 사랑하는 애니메이션 여자 주인공에 대해 끊임없이 설파하기 시작했다. 내 눈은 다시 찬찬히 위에서부터 아래로 그의 모습을 스캔했다. 실제로 보니 어마어마했다. 무엇인가에 꽂혀 주위 의식 안 하고 자기 이야기만 할 수 있다니. 나는 이렇게까지 되지 않아서 다행이다.

정말 다행이다.

°눈치 게임

나는 눈치 백 단이다. 어떤 모임에 나가든 나보다 더 눈치를 잘 보는 사람은 없었다.

그도 그럴 것이 방에만 있다 보면 어쩌다 생기는 만남의 기회에 '아~ 귀찮은데…' 라고 생각하면서도 내심 나가 놀고 싶어서 몸은 이미 신나 있다. 자주 있는 기회가 아니라서 즐거움만 기억될 시간으로 만들고 싶다.

그런데 실제로 모임에 나가면 뭐가 그리 맘에 걸리는지 계속 눈치를 봤다. 다들 즐거워해야 비로소 나도 즐거웠다. 반드시 모두가 즐거워야 다음을 기약할 수 있을 것 같았다.

집에 오면 너무 힘들었다. 눈치 보느라, 분위기 띄우느라 심하게 감정 노동을 한 것이다.

'사람을 만나는 것은 지치는 일이구나.'

그때는 그렇게 생각한 것 같다. 관계를 망치기 싫어서 가면을 쓰고, 계속 착한 사람 콤플렉스에 빠져 비위 맞추기 놀이를 억지로 해왔던 것이다.

이렇게 쉽게 등 돌릴 사이가 될 줄 알았다면 좀 더 내 감정에

솔직할걸.

　아마도 눈치 게임은 계속될 것이다. 하지만 남들을 위해 필요 이상의 감정 노동을 하는 짓은 더 이상 하지 않기로 했다.

　내 감정에 더욱 솔직해질 것이다. 그것이 나를 존중하고 아끼는 태도라는 걸 알았으니까.

° 부러웠습니다

말로 사람을 벨 정도로 신경이 날카로웠던 시기가 있었다. 아무 일도 하지 않는 나 자신이 너무나 미웠다. 매 순간 부글부글 화가 났다. 그러면 뭐 하겠는가. 나는 화를 분출할 방법도, 화를 낼 대상도 없었다. 모든 사람이 나보다 나아 보였다. 적어도 그 시기에는.

'희망' 보다는 '불운' 이라는 단어가 더 친숙한 시기였다. 하는 일마다 꼬이고 생각하는 것마다 실패했다. 어둠의 끝이었다.

해가 중천까지 떠야 눈을 뜨고, 때가 되면 배고팠고, 시간 나면 PC 게임만 했다. 그 안에서 하루하루 찌그러져가는 내가 있었다.

그러던 어느 날, 공짜로 화풀이할 기회가 왔다. 그날도 총알을 난사하는 방법으로 시간을 때우고 있었다. 그런데! 갑자기 게임이 멈췄다. 인터넷이 끊긴 것이다. 내가 아는 이런저런 방법을 시도해봐도 여전히 되지 않았다. 내 분노의 총알은 혀끝을 타고 온라인에서 오프라인으로 옮겨지고 있었다.

인터넷 회사에 전화를 걸어 아무 죄도 없는 상담원들에게 분노를 퍼붓기 시작했다.

중요한 자료를 보내야 하는데 어떻게 책임질 거냐는 둥.

이번 달 인터넷 사용료는 지불 못 하겠다는 둥.

당신과는 대화가 안 통하니 높은 사람을 바꾸라는 둥.

직원 교육이 왜 이 모양이냐는 둥.

다른 업무를 보지 못하게 온갖 진상 짓을 해댔다.

못났다. 정말 못나고 이렇게 부끄러운 순간이 없다. 내가 소리 지르고 윽박질렀던 그 순간, 마음의 상처를 받았을 상담원들에게 백번 천번 사죄드리고 싶다.

감정 노동이 심하신 상담원 여러분, 죄송합니다.

정말 죄송합니다.

그때 저는 그저 게임이나 하고 담배만 피워대는 아무 필요도 없는 백수 나부랭이였습니다. 그런 제가 열심히 일하시는 그대에게 폐를 끼쳤습니다.

그냥… 부러웠습니다. 당신이. 할 일이 있는 당신이 부러웠습니다. 누군가와 대화할 수 있는 당신이 부러웠습니다. 한 달에 한 번 월급이 들어올 당신이 부러웠습니다.

어쩌면 그렇게라도 말을 건넬 사람이 필요했는지도 모르겠습니다.

죄송합니다.

°데이

01월 14일 다이어리데이

02월 14일 밸런타인데이

03월 14일 화이트데이

04월 14일 블랙데이

05월 14일 로즈데이

06월 14일 키스데이

07월 14일 실버데이

08월 14일 뮤직데이

09월 14일 포토데이

10월 14일 와인데이

11월 14일 무비데이

12월 14일 머니데이

그 외

10월 31일 핼러윈데이

11월 11일 빼빼로데이

12월 24일 크리스마스이브

12월 25일 크리스마스

밸런타인데이, 화이트데이, 빼빼로데이, 크리스마스이브와 크리스마스를 제외하면 무슨 날인지 의미도 모르겠다.

10년간 챙긴 날도, 누가 챙겨준 날도 없다.

나에겐 매일매일이 같은 날이다. 하루하루가 같은 날이다.

이런 특별한 날일수록 공허함과 외로움이 더욱 커져 어딘지도 모를 곳으로 눈물의 구조 요청을 보내본다.

"메이데이! 메이데이! 메이데이!"

°늙어버린 젊음

몸은 늙어가고 있지만 생각해보면 아직도 젊다.

이미 포기했을지도 모르겠으나 이렇게 자각한 것만으로도 다행이라면 다행이니 포기하지 말자.

하루하루가 활기차고 싶지만 기운이 없다.

당당하고 싶은데 또 소심하다.

매일 놀라운 일과 고막이 찢어질 듯한 정신없음을 바라지만

오늘도 평범함과 고요함 속에 날이 저무는구나.

그래, 난 부지런함도 없고 여유로움도 느끼지 못하는,

평온함 속에서도 혼자 조급하고 게으른 은둔형 외톨이니까….

°사진

어느 순간부터 사진 찍는 것도, 찍히는 것도 싫어하게 됐다. 사진은 당당하고 멋있을 때, 누가 봐도 좋은 이미지일 때 찍는 것이 옳다고 생각했던 것 같다. 그러다 보니 젊고 생기발랄한 시기에 찍은 사진이 없다(있었는데 과거를 지워버리고 싶은 마음에 모두 소각하거나 삭제해버렸다).

지금 이 순간을 담아두지 않으면 앞으로 10년 뒤에 또다시 후회하겠지만, 살은 뒤룩뒤룩 쪄 있고 아직까진 당당하지 못한 현재 모습을 남기는 것이 불안하다.

더군다나 내게는 나 자신을 화려하게 바꿀 메이크업 기술이나 멋진 의상이 없다. 게다가 전혀 다른 새로운 나로 재탄생시켜줄 사진 편집 기술도 없다. 배우고 싶지도 않다.

이젠 자신을 속이는 데 지쳤다고 해야 하나. 거짓, 허세, 위선, 가식, 한때 자연스러웠던 그것들을 하지 못하겠다. 더 이상 없으면서 있는 척, 가진 척, 행복한 척하지 못한다.

'다른 이름으로 저장하기'는 끝이다. 그래야만 척이 아닌 실제 그렇게 될 것 같으니까.

아직도 내 스마트폰에는 사진이 단 한 장도 없지만, 이젠 누군가와 사진을 찍을 수도 있겠다는 생각을 해본다.

진짜 불쌍한 건
제 기능을 못 하는 스마트폰인가,
스마트폰을 활용 못 하는 나인가.

진짜 불쌍한 건
쓸모없이 살아가는 나인가,
아무것도 할 생각이 없는 나인가.

˚자각

16년 만의 1박 워크숍을 가자마자 일이 터졌다. 여동생에게 문자가 왔다. 외숙모가 돌아가셨다고 했다. 마음이 복잡해진다. 동생도 내가 딱했는지 "어떻게 오빠는 364일 동안 집에만 있다 하루 나갔는데 이런 일이 생기냐?"라는 말로 이 상황을 위로해 줬다.

1박을 잘 보내고, 다음 날 일찍 일행과 헤어졌다. 전날 술도 마시고 잠도 부족했지만 더 이상 시간을 지체할 수 없었다.

돌아오자마자 장롱에 방치돼 있던 검정색 정장을 꺼내서 서둘러 입는다. 바지, 허리가 채워지지 않는다.

'언제 이렇게 살이 찐 걸까?'

억지로 배를 바지 안으로 구겨 넣고 장례식장으로 향했다. 조문을 드리고 어른들께 인사하고 육개장과 밥 앞에 앉았다.

'젠장.'

앉기만 했는데도 옆구리 살이 삐져나와 터지기 일보 직전이다. 내가 불편하게 겨우 앉아 있는 광경이 마치 VR 기계처럼 3차원적으로 그려졌다. 윗모습, 뒷모습, 옆모습이 말이다.

'뭐 어쩔 수 없지. 이왕 이렇게 왔으니.'

일단 밥 앞에 앉았으니 먹긴 먹는데, 바지 허리춤은 더 이상 늘어날 여력이 없어 보인다.

엎친 데 덮친 격으로 어른들이 내 주위로 모여든다.

무슨 일을 하냐? 여자는 있냐? 국수는 언제 먹게 해줄 거야?

불편한 옷이 주는 답답함과 그런데도 밥을 먹어야 하는 답답함과 그 어느 하나 제대로 대답해드리지 못하는 답답함이 한데 뒤섞여 정신을 혼미하게 한다. 비몽사몽. 어질어질.

내 컨디션이 바닥을 향해 간다. 서둘러 모든 분께 간략하게 대답을 마치고 무릎을 꿇고 앉아 밥을 해치워버린 뒤 급한 일이 있는 것처럼 밖으로 나왔다.

비가 온다. 그것도 많이.

카드는 있지만 어디서 어떤 버스를 타야 하는지 모르겠다. 하염없이 걷는다. 옷이 젖어서 물에 빠진 생쥐 꼴이 됐다. 나의 몸 라인이 적나라하게 나타난다. 추하다.

도로에 인접한 커피숍. 그 안에서 커피를 마시던 사람들 모두 창 너머로 그 길을 지나가는 나만 쳐다보는 것 같았다. 아니 쳐다봤다. 푸흡 하고 커피를 입과 코로 내뿜는 아가씨와 눈이 마주쳤으니까.

신호등 저쪽 마주 선 사람들이 나만 쳐다보는 것 같았다. 상관없다.

집에 도착하니 졸음이 쏟아진다. 그래도 비에 젖을 대로 젖어버린 검정색 히어로 쫄쫄이를 힘겹게 벗어 의자 위로 집어던졌다. 다시 이 정장을 입게 되는 날, 오늘과 같은 수치스러움과 치욕은 없으리라. 없으리라…, 없으…. 그대로 침대에 코를 박는다.

〰〰〰〰〰〰〰〰〰〰〰〰〰〰〰〰〰〰〰〰〰

▨ 추신
두 달이 지나 오랜만에 이 글을 읽고 있다. 내 몸은 그때보다 4킬로그램이 더 쪘다.

◦ 방에 갇힌 나는 문제가 있다

'난 죽어가고 있다.'

그동안 애써 외면해온 방심의 순간, 순간들. 모이고 쌓이고 겹쳐져 만들어진, 뭔지 모를 기분 나쁜 손아귀가 이제 내 힘으로는 어쩔 수 없을 만큼의 무게로 불어나 몸을 짓누르고 있었다. 숨도 못 쉴 만큼 강한 힘으로 턱 끝까지 옥죄여온다.

'이대로 있다간 평생 이대로 있게 된다….'

방법은 탈출뿐이었다. 하지만 조만간 이곳을 빠져나가려는 내 계획이 들통이라도 났는지, 쓸데없는 생각일 뿐이라고 끊임없이 회유한다. 그들에게 나는 그동안 방에서 웃고 떠들고 함께 밥 먹으면서 무료함을 즐겼던 조직의 식구이자 일부분이고 한 몸인 것이다.

그런 그들이 낌새를 눈치채고 배신자를 처단하려는 것처럼 압박해온다.

'움직일 수가 없다.'

이 압도적인 강함에 내 마음은 이미 무너졌다. 길고 길었던 이 싸움은 내 패배로 끝나고 말 것이다.

'난 무력하고 약하다. 지원군이 필요해. 누군가 도와줄 사람이 간절하다고.'

그래 봤자 내게는 아무도 없다.

그렇게 친하던 친구들도, 사랑하는 연인도, 따르던 형들이며 친동생 같던 후배들까지도 이제 없다. 10년이란 세월 동안, 고작 직사각형의 작은 공간에서조차 나오지 못할 정도로 모든 게 피폐해졌다.

'방 안에 갇힌 나는 문제가 있었다.'

∘ 만남의 광장에서의 10분

인천의 메카. 구월동 만남의 광장은 한창 혈기 왕성했던 20대 시절, 내 주 무대였다.

어느새 흘러가버린 시간을 거부하지 못하고, 친구들과의 약속 장소는 더 이상 그곳이 아니게 됐다. 만남의 장소가 시끌벅적한 곳에서 아버지 연배들이 모일 법한 조용한 먹자골목으로 바뀌어가는 것은 서글픈 일이다.

'그래. 그거야 좋다, 이 말이야.'

각각 가정을 꾸리고, 가장으로 분투하는 친구 놈들.

연례행사처럼 이따금 보게 되면 각자의 가정 이야기로 이야기꽃을 피운다. 결혼을 안 한 내가 오랜만에 그들을 만나 할 수 있는 일이라곤 간간이 웃으면서 이야기를 들어주는 일뿐.

'그래. 그렇게 너흰 아버지가 되었구나.'

재미도 없고, 의미도 없는 공간. 그렇다고 뜬금없이 내 이야기를 할 수도 없는 분위기.

친구 하나가 관심을 가져준다.

"재주야, 넌 요즘 뭐 하냐?"

'젠장, 관심 가져준 건 좋은데 질문이 짜증 난다. 여태껏 뭐 하는지 관심도 없었으면서 지금 굳이 물어보다니. 차라리 평소에 전화로 물어보든가.'

나는 적당히 얼버무리며 대답했다.

"어, 그냥 쉬고 있어."

친구들을 만나도 더 이상 즐겁지가 않다. 괜찮다. 어차피 인생은 혼자 사는 거니깐.

백수인 주제에 괜히 모임에 나와서 시간만 낭비했다고 생각하며, 몇 시간을 재미없게 보낸 걸 후회한다.

'맞아. 이 녀석들은 결혼해서 다들 꼰대가 된 거야. 사실은 자유로운 나를 엄청 부러워하고 있는지도 몰라. 그래서 약속 장소를 저희와 비슷한 꼴인, 좁은 먹자골목의 가게로 했구먼.'

그렇게 합리화라도 해야 한결 기분이 나아진다. 왕따당하는 기분에 취기까지 더해져 그 자리를 벗어난다. 내가 있어야 할 곳은 여기가 아니라 반대편, 젊음이 느껴지는 거리다.

집으로 향하던 무겁고 쓸쓸한 몸이 무의식적으로 만남의 광장 정중앙을 향한다. 영화 〈쇼생크 탈출〉의 주인공이라도 된 것처럼 하늘을 올려다보며 자유를 느껴본다. 기다려줄 사람도 기다릴 사람도 없지만, 서서 주위를 둘러보며 젊음의 활기를 느껴보려 한다.

주위에 흩어져 있는 전단지 쓰레기, 담배꽁초, 소음, 바삐 움직이는 사람들, 왁자지껄한 웃음, 연인으로 보이는 사람들의 애정 행각, 자기들의 우정이 최고라는 듯 마냥 친근함의 욕설을 내뱉는 젊은이들.

10분 남짓 흘렀을까?

나만 세상에서 멈춰 있는 듯한 느낌을 받았다. 나만 만날 사람이 없고, 나만 이야기할 사람이 없고, 나만 전혀 바쁘지 않고, 나만 정지된 채 서 있었다.

익숙한 사람들 속에서의 배제, 낯선 사람들 속에서의 외면….

'그래. 여기도 내가 올 곳은 아니구나.'

10분. 스스로 무너지기까지 걸린 시간은 겨우 10분이었다.

다시 나를 반갑게 기다리고 있을 방을 향해 발걸음을 옮긴다.

◦ 많이 늦었으니까

〈프로듀스 101〉이라는 프로그램을 보고 있었다.

MC 장근석이 보인다. 왠지 맘에 안 든다. 잘생기고, 말도 잘하고, 돈도 많이 벌 것 같고, 가장 싫은 건 백한 명의 소녀들에게 둘러싸여 있다는 것이었다.

'부, 부럽다….'

그가 가수가 되겠다는 꿈을 가지고 그 자리에 모인 소녀들에게 강연을 한다.

'건방지게 어린 녀석이 무슨 할 말이 있다고….'

3분 남짓한 시간 동안, 곱상한 얼굴에 고생이라곤 하나도 모를 것 같은 그의 입에서 나온 스피치에 그 자리에 있었던 소녀들뿐만 아니라 나도 적잖이 놀랐다.

이날, 말의 힘이 가진 매력에 빠져들게 되었다.

말의 힘을 빌려 소통과 힐링, 웃음과 감동, 누군가를 변화로 이끌 수 있다면 최고의 보람을 얻을 수 있지 않을까 하는 생각에 벅차올랐다. 그리고 그게 유일한 목표가 되었다.

방에서 누워서 보던 TV 버라이어티쇼가 이 사실을 일깨워준 것이다.

그 뒤로 나는 롤모델이 될 강사들을 찾아다녔다. 많은 훌륭한 강사분들 중 몇 분을 찾을 수 있었다. 그리고 그들처럼 되기 위해 할 수 있는 모든 것을 하는 중이다.

내게는 인생의 나침반이 없다. 이 길이 맞는지 틀린지는 결국 도착지에 가서 뒤돌아봐야 알 수 있을 것이다. 그렇지만 지금 나에게는 미리 걱정을 대출할 여유가 없다.

이미 많이 늦었으니 말이다.

° 고치

'여긴 어딜까?'

나는 투명한 실이 겹겹이 둘러져 있는 곳에 누워 있다. 꽤 큰 침낭처럼 생겼다. 관과 비슷해 보이기도 한다. 팔에는 주삿바늘이 주렁주렁 꽂혀 있다. 그 줄을 따라가보니 링거는 안 보이고 TV, 컴퓨터, 영화, 야동, 만화책, 낮잠, 게임 등이 보인다. 그제야 여기가 어딘 줄 알겠다. 여긴 나의 유일한 도피처다. 나는 지금 고치 안에 누워 있다.

'여기 누워서 뭘 하고 있었더라?'

기억이 났다. 약 기운이 강해서 잊고 있었는데, 난 지금 여러 가지 진통제를 맞고 있다. 누워서 이런 것들을 맞고 있을 때면 현실이 하나도 생각나지 않아 아프지 않다. 그렇게 진통제는 내 머릿속까지 흘러들어온다. 아무 생각도 나지 않게 만들어준다.

'나는 살아 있는 건가, 죽어 있는 건가?'

주삿바늘들이 팔 여기저기에 꽂힌 채 간신히 숨만 붙어 누워 있는 내 모습은 흡사 식물인간이다.

'고치에 있으면 원래 이렇게 힘 빠지고 죽어가는 느낌이 드는

거야?'

'고치 안에 있는 모든 생물은 나 같이 현실도피용 진통제를 맞고 있는 거야?'

몽롱해지는 정신줄을 간신히 붙잡으며 고치 안에서 사는 것들을 떠올려본다.

'에일리언. 젠장, 기껏 생각한다는 게 에일리언이라니.'

배움이 짧은 건지 진통제 때문인지 수많은 고치 중에 하필 떠오른 것이 실존하지도 않는 에일리언이다.

영화 〈에일리언〉을 본 적이 있을 것이다. 무시무시하고 커다란 에일리언이 되기 전에 혹시 어떤 모습이었는지 생각나는가?

양손을 앞으로 쭉 뻗고 손바닥만 붙인 자세를 취해봐라. 거기서 아래쪽으로 가오리 같은 긴 꼬리가 하나 있으면 바로 새끼 유충 에일리언이다.

그 새끼 유충이 살 수 있는 유일한 방법은 인간의 몸에 붙어서 고치가 되는 것이다. 인간의 영양분들을 계속 흡수해 어느 순간 인간의 형태를 한 에일리언으로 성장하게 된다.

'그래, 고치라는 게 진통제를 맞는 곳만은 아니구나. 영양분을 흡수해서 다른 존재로 탈바꿈하는 곳. 그것이 고치인 걸까?'

모르겠다. 사실 곤충학자가 아니라서 곤충들이 고치 안에서 뭘 하는지 잘 모른다. 다만 새로운 뭔가로 변신하기 위해 그 안에서 꾸준히 변화와 성장을 한다는 것은 안다. 어느 정도 시간이 흐르면 애벌레에서 나비가 되듯이 고치를 깨고 전혀 다른 새로운 것으로 태어난다.

그렇다면 내가 있는 이 고치도 변화와 성장을 위한 뭔가를 할수 있는 장소일까? 좋은 영양분이라고 여겨지는 것을 보고, 듣고, 읽고 생각한다면 진통제에서 새로운 나로 변신하게 도와줄영양제로 바뀔 수도 있을까?

그렇다.

이제 변화와 성장을 위한 방법인 영양제를 찾아야 하지 않을까.

◦ 은둔자

타로 카드에 '은둔자'라는 카드가 있다. 메이저 카드 스물두 장 중에 아홉 번째인 이 카드에는 영화 〈반지의 제왕〉에 흰 수염을 멋들어지게 기르고 나온 간달프 할아버지처럼 생긴 분이 어딘가 위에 서서 고개를 숙여 아래를 내려다보는 듯한 모습이 그려져 있다. 한 손에는 별이 담긴 등을, 다른 손에는 지팡이를 들고 있다.

의미를 찾아보니 대략 이런 뜻이다.

- 자기부정을 하고, 미성숙하다.
- 현실성 없는 외골수에다 자기만의 세계에 빠져 있어 외롭고 고독하다.
- 지나치게 신중해 많이 머뭇거리며, 그런 어리석음에 의한 실패를 의미하기도 한다.

하지만 이 카드에는 다른 뜻도 있다.

- 지식과 이상, 목표를 갈망하고 누구보다 신중하고 주의 깊다.
- 조심성이 많고 용의주도하다.
- 자기 성찰, 탐구, 완성 그리고 치유의 의미를 내포한다.

나는 은둔자 카드의 첫 번째 의미를 보고 놀랐다. 내 모습 그대로였기 때문이다. 첫 번째 의미가 맞았으니 다른 의미도 다 맞아야 공평하다는 생각이 들었다. 분명 다른 의미도 맞을 것이다.

은둔자였을 때 나는 나를 탐구한 것이다. 나를 성찰하고 찾아가는 시간이었다. 누구보다도 신중하게 이상과 목표를 찾아갔던 것이다. 그 시간이 길었지만 결국은 치유됐고, 온전한 내 모습으로 조심스럽게 완성해나갈 것이다.

코에 걸면 코걸이, 귀에 걸면 귀걸이라고 했던가?

내 멋대로 해석한 것이지만 굳게 믿어보련다. 은둔자의 의미를….

° 소멸의 순간

　방 안에만 있는 주제에 나의 이야기를 타인에게 전하고 싶다는 꿈이 생겼다. 하지만 그러기 위해서는 자격증이 필요한 것도 (다른 자격증도 딱히 없지만) 아니고, 어디서 어떻게 시작하는 건지 전혀 몰랐다. 처음에는 인터넷을 뒤지면서 할 수 있는 것들을 찾아보았다. 길이 안 보였다. 다시 비관적인 생각이 나를 두드렸다. '늘 그래왔듯이, 잠깐 스쳐가는 허무맹랑한 꿈인가?'

　복잡한 마음을 달래보려 산책을 나왔다. 산책을 하는 도중에도 마음은 금방 간사해졌다. '하긴 나 까짓게 무슨 강연이야? 좋은 대학의 우등생도 아니고, 덕망 있는 교수도 아니고, 권위 있는 전문가도 아닌 내 얘기 따위를 누가 들어주겠냐? 정신 차려!' 라고 나쁜 생각들이 피어나기 시작하였다.

　그런데 그 순간, 내 앞에 걸어가던 한 아이가 엄마 손을 강제로 이끌고 가면서 얘기한다.

　"엄마, 엄마. 저기 앞으로 가보자."

　아이 엄마는 귀찮은 듯 대답한다.

　"저기 가도 볼 거 아무것도 없어."

"그거야 가보면 알겠지~"

아이의 말을 듣는 순간, 그 말이 나에게 하는 말 같았다.

'너의 말 따위 누가 듣겠느냐고? 그거야 그때 가보면 알겠지' 라고 말이다.

그 순간, 나의 나약했던 마음을 다잡고 결심했다.

'이제 방구석 인생은 끝내자! 내가 할 수 있는 것 들을 모조리 생각해서 하나씩 실행해보자' 라고 결심하는 순간이었다.

내 안의 히키코모리가 소멸되는 역사적인 순간이었다.

▨ 추신

이 얘기를 누군가에게 하니 "그건 재주 씨가 그 얘기를 듣고 싶은 마음이 너무 간절하다보니 때마침 들린 걸 거예요" 라고 말해주었다. 뭐가 되었든 상관없다.

그 어린아이도 엄마는 보지 못한 재미있는 것을 찾았기를 바라본다.

○독거노인

나를 세상으로 나가게끔 결심하게 만든 것은 길 가던 꼬마가 우연히 한 말이었다.

그런데 사실은 그러기 한참 전에도 결단의 기로에 선 적이 있다. 정확한 시기는 생각이 안 나지만, 비디오 게임기 플레이스테이션이 출시됐을 즈음으로 기억한다.

한참 실의에 빠져 있어서 검은색 커튼으로 창을 가리고, 매일같이 게임만 했다. 보다 못한 고교 친구 J가 집을 방문했다. 그 친구는 내 방 커튼을 다 떼어내면서 이런 말을 했다.

"독거노인 같은 새끼. 폐인이 따로 없네. 차라리 뒈져."

말은 험하게 하면서도 커튼을 뜯어내 버리고, 내 방을 청소해 줬다. 설거지까지 다하고, 빨래를 돌려주면서 담배 냄새로 찌든 옷가지들과 게임기를 쳐다봤다.

"재주야, 버리자!"

산 지 몇 달밖에 안 된 고가의 게임기였다. 그런데 친구는 그걸 안 버리면 내가 평생 이렇게 살 것만 같다고 했다. 선택은 자유지만, 이렇게 지내다간 '인간쓰레기'가 될 것 같다고 했다.

결과적으로는 10년간 그의 말대로 됐다.

후회하느냐고? 그렇다. 후회한다.

옷가지들도 게임기도 버릴 수 없었다. 옷은 과거의 영광이었고, 게임기는 함께 시간을 보내줄 친구였다. 오랜 시간이 흐른 뒤에야 힘들게 필요 없는 옷가지들을 정리하고, 게임기도 중고로 팔았다.

지금 한참 방에서 비디오게임을 하는 분들의 심정을 이해한다. 게임기를 정리하려면 엄청나게 대단한 결단력이 필요하다는 것을 말이다.

그런데 이제는 안다. 다른 사람들의 관점에서는 별것도 아닌 결정이라는 사실을 말이다. 장담하는데 소득을 창출하는 1인 방송용 도구로 활용하는 사람들을 제외한다면 비디오게임은 그대가 인생을 살아가는 데 아무런 도움을 주지 않을 것이다.

지금 바로 과감하게 팔아버릴 수 있는 결단력을 끌어모으길 바란다. 몇 년 뒤에도 지금 하는 게임을 탓하지 않으려면 말이다. 그대들에게 결단력이 필요한 순간은 인생을 낭비하게 만드는 쓰레기를 치우고자 하는 때라고 생각한다.

응원한다.

2부

072

어쩌다
히키코모리가
되어

° "와타시와 히키코모리 데스"

'히키코모리(은둔형 외톨이).'

누군가 내게 이 이름을 불러주기 전에는 나는 다만 하나의 몸짓에 지나지 않았다. 누군가 내게 이 이름을 불러주었을 때 나는 비로소 히키코모리가 되었다.

누가 나를 두고 히키코모리라고 하는 소리를 듣고 그 말의 의미를 찾아봤다. 방에만 숨어 있는 사회 부적응자를 지칭하는 말이었다. 그러나 지난 10년 동안의 나를 돌이켜보면 이런 사전적 의미보다 조금 더 넓은 의미를 품고 있지 않을까 싶다.

단순히 집에 틀어박혀 아무 일도 하지 않는 사람만 히키코모리일까?

사회생활을 하면서 낮아진 자존감에 심하게 외로움을 타는 사람, 스스로 나약하다고 자책하며 보이지 않는 벽을 만들어 숨으려는 사람, 타인에게 상처받는 것이 두려워 남을 사랑하지 못하는 사람.

이런 사람들이 자기를 보호하기 위해 은밀히 숨어드는 그들만의 공간이 있다면, 그곳이 집이든 차든 상관없이 그들 또한 히키코모리라고 생각한다.

방에 있는 시간이 제일 많았지만, 타의로라도 사회생활을 하려 노력했다. 그랬다고 해서 은둔의 삶에서 벗어났다는 의미는 아니다. 물론 잠시 착각은 했다. 사회로 나오고 사회의 일원이 됐다고 믿기도 했다. 그러나 결국 중력에 이끌리듯 방으로 다시 끌려들어왔다. 영화 〈인터스텔라〉의 웜홀처럼 방으로 들어왔더니 시간이 휙 지나가버렸다.

혹시 주위에 이런 사람들이 보인다면, 도움까지는 아니더라도 그들을 조금은 너그러운 시선으로 봐주었으면 한다. 10년을 아무것도 하지 않은 것이 아니다. 10년을 그 안에서 머물 수밖에 없었던 이유가 있지 않겠는가.

나름의 사연이 있고, 상처가 있다. 상처가 너무 아픈 것뿐이다.

°구룡포 해수욕장

방 서랍들을 정리하다 사진 한 장을 발견했다. 사진 속에서 내가 경고 표지판을 잡고 친구 하나와 씁쓸한 표정을 짓고 있다.

이 지역은 2002년 7월 16일 17시 50분경 수영 미숙으로 익사 사고가 발생한 지역입니다.

- 강릉시장, 강릉경찰서장 -

아직은 대학생 시절, 더 정확하게는 군 제대 후의 일이다. 2002년 8월 20일 화요일. 월드컵 열기가 채 식지 않은 날이었다. 폭염으로 엄청 무더웠을 법한데, 이 해에는 그 정도 더위를 느끼지는 않았던 것 같다.

친구 세 명과 조금 늦은 바캉스를 떠났다. 사실은 태어나서 처음 가는 바캉스였다. 목적지는 포항.

가는 차 안에서 친구들과 여러 가지 상상을 하면서 즐거워했다. 비키니를 입고 뛰어놀던 아가씨들이 우리를 유혹하는 눈빛으로 쳐다보는 상상을 한다.

"저기, 닭을 너무 많이 시켜서 그런데 같이 드실래요?"

"여기 해수욕장 모래에서는 꽃도 피나 봐요. 하하하."

이런 유치한 멘트들을 생각하면서 말이다.

시계가 오후 여섯 시를 가리킬 무렵, 우리는 구룡포 해수욕장이란 곳에 도착했다. 친구들과 허겁지겁 달려간 그곳에는 튜브를 타고 노는 아이들과 그 가족들이 전부였다. 설상가상으로 안내 방송에서는 해수욕장 마지막 날이라서 30분 뒤에 폐장한다는 말이 흘러나왔다. 한쪽 구석에서는 구조대원들이 삼겹살에 소주를 준비하고 있었다.

'에잇! 여기까지 왔는데 30분이라도 물에 들어가 놀자!'

친구들과 바다에 뛰어들었다.

10분쯤 흘렀을까? 내 왼쪽에서 놀던 친구가 굳은 얼굴로 허우적거렸다. 처음에는 장난인가 보다 했다. 그래도 얼굴이 창백해 보여 친구에게 다가갔다. 친구와 가까워질수록 물이 목 근처까지 차올랐다. 수영을 못하는 나는 금방 겁을 먹었다. 친구고 뭐고 내가 살아야지 하면서 원래 있던 곳으로 잠수하면서 헤엄쳤다.

'아뿔싸!'

이미 그곳도 발에 땅이 닿지 않았다.

'어떡하지? 어떡하지? 어떡하면 살 수 있지?'

사람이 위기에 몰리니 어디선가 초인적인 힘이 솟아났다. 순간 머리가 1초에 지구 한 바퀴를 도는 수준으로 빠르게 돌기 시작하더니, 고등학교 2학년 때 사회 선생님이 해준 말이 생각났다. 물에 빠졌을 때 발이 닿지 않으면 당황하지 말고 천천히 밑바닥까지 내려가서 수면 위로 나오면 된다고 했다.

'이거다!'

온 힘을 다해 밑으로 잠수했다.

'씨X! 개소리였다.'

오히려 그러는 바람에 방향감각을 잃고 말았다. 주위에 아무것도 보이지 않고 머릿속에서는 베토벤의 〈운명 교향곡〉이 자동 재생됐다. 더욱더 깊은 패닉에 빠지게 됐다. 수영은 못하는데 동해 염분 농도가 높아 몸은 계속 떠 있으니 너무 무서웠다.

혹여나 '어머, 어떻게 하냐'고 걱정해주시는 분이 계시다면 괜찮다고 말씀드리고 싶다. 지금 이렇게 글을 쓰고 있지 않은가.

다시 이야기로 돌아와서, 그때 심리적 변화는 이랬다.

'그래! 그래도 우리나라가 월드컵 4강 가는 건 봤잖아. 좋은 인생이었다.'

'아냐! 아직 결혼도 못 했는데….'

'군대 제대하자마자 이렇게 죽는 건 너무 억울해~'

'엄마, 아빠 죄송해요. 저 먼저 갈 것 같아요. 불효자를 용서

해주세요?'

'하나님, 살려만 주세요. 그러면 교회도 잘 다닐게요.'

어디가 어딘지도 모를 정도로 제법 바다 쪽으로 흘러나온 모양이었다. 체념하는 찰나, 회식 준비를 하던 구조대원 한 분이 어린이 튜브를 가지고 나를 구하러 왔다. 손을 내미는 구조대원에게 산낙지처럼 찰싹 달라붙어 파도의 흐름에 맞춰 서서히 해안가 쪽으로 돌아왔다.

엄지발톱 끝이 모래사장에 살짝 걸릴 때의 느낌. 평생 그때보다 강한 카타르시스를 느껴본 적이 없다. 먼저 빠졌던 친구는 이미 구조돼 미역을 토하고 있었다. 아직도 그 친구는 내가 구하러 들어오다 빠진 줄 알고 엄청 고마워하고 있다.

앞서 말한 사진은 그다음 날, 이 사건을 기억하기 위해 찍은 것이다.

이 죽을 뻔한 사건 이야기를 꺼낸 이유가 있다.

내가 구조 뒤 어떤 생각을 했을 것 같은가?

'새로 생긴 이 삶을 허투루 보내지 말고 의미 있고 보람되게 살아야겠다?'

틀렸다.

'이렇게 허무하게 죽을 수도 있구나.'

그러고는 더 막 살게 됐다.

'언제 어떻게 죽을지 모르는 인생, 대충 산다고 뭐 어떻게 되겠어?'

이렇게 약간 자포자기했던 것 같다.

인간은 역시 간사하다. 살려달라 구걸할 때는 언제고? 막상 살고 나니 이 꼴이다. 평소에 교회 한 번 안 가면서 하나님께 간절히 기도까지 해서 건진 목숨. 그로부터 10년간 벌을 받은 것인지도 모르겠다.

그대가 나라면 어떻게 하겠는가? 어떻게 해서든 살아보려고 발버둥 칠 텐가? 아니면 어차피 이번 생은 틀렸다고 생각하고 이대로 죽어도 무슨 여한이랴 생각할 텐가?

어느 쪽을 택하든 나는 그저 존중할 수밖에 없다. 확실한 것은 그대들도 이미 빠져 있다는 사실이다. 방이라는 또 하나의 구룡포 해수욕장에 허우적거리면서 말이다.

계속 그렇게 지내다가는 질식해서 죽으리란 것. 본능적으로 느끼고 있으리라 생각한다.

° 벌레로 변한 세일즈맨 그레고르

중국에서 일할 당시, 하루 일과를 마치고 지친 몸을 이끌고 홀로 집에 들어가면 언제나 바퀴벌레들이 제일 먼저 환영해줬다. 철문과 나무 문을 연달아 열고 불을 켜면, 문 옆에 놔둔 쓰레기 봉투 주변에서 모임을 가지고 있던 녀석들이 반상회를 마치고 후다닥 해산한다. 매일 보는 장면인데도 볼 때마다 놀랐다.

이렇게 벌레들이 보이거나 생각날 때는 꼭 어떤 소설이 떠오르곤 한다. 프란츠 카프카의 《변신》이라는 소설을 읽어본 적이 있는가?

괜찮다. 나도 안 읽어봤다.

어느 독서 예능 프로그램에서 이 소설의 대략적인 줄거리를 들은 것이 전부다. 《세계문학사 작은사전》이란 책에 실린 내용으로 대략적인 줄거리를 대신한다.

세일즈맨 그레고르는 잠자는 어느 날 아침 눈을 뜨자 자신의 몸이 이상하게 변해 있는 것을 발견한다. 자신의 몸이 어느 사이에 무수한 다리를 지닌 한 마리 커다란 벌레로 바뀌어 있었던 것이다. '이게 어떻게 된 일일까' 하고 생각해 보았으나, 분명히 꿈은 아니었다. 그가 출근하지 않았기 때문에 사정을 알고자 찾아온 가게 지배인은 그 이상스러운 모습을 보고 놀라 도망가고, 어머니는 졸도하고, 아버지는 방안으로 쫓아 버리고 문을 닫았다. 가족들을 끔찍이 사랑했던 그레고르였으나 이제는 가족들한테 미움을 받고, 아버지가 던진 사과에 등을 맞아 그 상처 때문에 식욕도 없어지고 말았다. 그러나 누이동생이 켜는 바이올린 소리에 끌려 옆 방으로 기어갔다. 그 결과 이상스러운 그의 존재가 하숙인에게 알려져 그는 방안에 갇혀야만 했고, 식사는 누이동생이 날라다 주게 되었다.

그는 천장에 매달리는 것으로 겨우 자신을 위로하고 있었다. 가족들도 이제 그가 죽기를 바라고 있었다. 상처가 더욱 악화된 것과 이제는 죽어야겠다고 생각한 어느 이른 아침, 종탑에서 울리는 종소리를 들으며 조용히 죽어 갔다. 가족들은 안도의 한숨을 쉬며 하나님께 감사하며 오랜만의 화사한 봄볕을 받으며 교외로 소풍을 나갔다. 성숙한 딸의 몸짓을 보며 아버지는 이제 좋은 사윗감을 선택해야겠다고 생각하는 것이다.

너무 슬픈 이야기지 않은가.
이 책을 알고 나서는 주인공 그레고르가 나인 것만 같다는 생각을 떨칠 수가 없었다. 이제 나는 집 안에서 벌레가 됐다. 소설에서처럼 주위 사람들의 말을 들을 수는 있지만, 내 말을 전달

하지는 못하는 무기력한 벌레.

그레고르처럼 가족들에게 미움을 받고, 점점 가족에게 불필요한 존재가 될 것 같은 두려움. 시간이 흐를수록 불안은 커져만 갔다.

'이미 친구들이 등을 돌렸다. 가족이라고 왜 안 그러겠는가? 어쩌지.'

지금도 가끔 모기 때문에 '에프킬라' 라도 뿌리는 날이면 이런 바보 같은 생각을 하곤 한다.

'같은 벌레인데 나는 안 죽을까? 이왕이면 내가 좋아하는 오렌지 향을 맡으며 기분 좋게 죽고 싶다.'

모기를 빼고 다른 벌레들은 잡으면 창문을 열어 밖으로 놔주는 편이다. 내가 벌레와 다를 바 없다고 느껴서인지 어떤지는 잘 모르겠다. 벌레들만이라도 내 방을 벗어나게 해주고 싶었는지도.

▨ 추신

얼마 전 여섯 살짜리 조카가 내가 방에서 벌레를 잡아 창밖으로 놔주는 것을 보고는 물었다. "삼촌, 왜 벌레를 놔줘? 우리 엄마는 다 죽이는데." 나는 이런 복잡 미묘한 이야기를 여섯 살짜리 조카에게 설명할 자신이 없었다. "음, 이 세상의 주인이 사람뿐이 아니기 때문이야. 새도, 고양이도, 멍멍이도, 돌고래도, 개미도 모두 이 지구의 주인이지. 그러니까 벌레도 죽이면 안 돼." "알겠어. 삼촌도 죽지 마."

○ 드래곤볼

《드래곤볼》은 구슬 일곱 개를 찾아 용에게 소원을 빌면 이루어진다는 포맷의 일본 만화다.

나도 구슬을 모은 적이 있다. 내가 1성구를 찾은 것은 사람들을 의심하기 시작할 무렵이었다.

'사람들은 믿을 만한 존재가 아니다. 가식이나 떠는 무서운 존재다.'

항상 1성구를 갖고 다니며, 내게 이유 없이 잘해주거나 친근하게 접근하는 사람들에게 벽을 쌓기 시작했다. 한참 벽돌을 쌓고 있는데 시멘트 반죽 속에서 2성구를 발견한다.

'아싸, 럭키.'

이런 마음가짐으로 어찌 사회생활을 오래 할 수 있었겠는가. 할 일이 없어진 나는 가족에게 미안해 눈치를 보기 시작한다.

'웬만하면 방에 있어야겠다. 눈에 띄면 좋은 소리 못 들어. 암!'

점점 가족과의 대화가 사라졌다. 그런 어느 날, 여느 때처럼 방에서 혼자 밥을 먹는데 뭔가 커다란 것이 씹힌다.

'아니 이건….'

어쩌다 히키코모리, 얼떨결에 10년

3성구였다.

4성구를 찾아낸 것은 하루 종일 침대에 파묻혀 버라이어티쇼를 보며 웃고 있을 때였다. TV 옆으로 빛나는 구체가 보였다. 침대에 시체처럼 비스듬히 누워 목만 45도 각도로 올린 자세였기 때문에 운 좋게 볼 수 있었다.

5성구는 뜻밖에도 인터넷을 하던 중 우연히 발견했다.

6성구는 헤드셋 택배에 숨겨져 있었다.

"택배요, 택배요."

사회생활을 안 해 돈도 못 버는 처지지만 여기에는 돈을 투자해야 한다. 바로 게임이다. 게임을 할 때는 속뿐만 아니라 밖으로도 돈이 필요했다.

간지 나는 키보드, 감도 좋은 마우스, 콘솔 그리고 헤드셋.

이렇게 나는 운 좋게 1성구부터 6성구까지 모을 수 있었다. 소원을 빌기 위해서는 7성구가 필요한데, 마지막 구슬은 좀처럼 보이지 않았다.

'대체 어디에 숨겨져 있는 거지?'

그렇게 찾고 찾았지만, 다른 것처럼 쉽게 발견되지 않았다.

드래곤볼의 존재를 잊어버릴 만큼 방 안 생활에 익숙해질 무렵, 방 쓰레기 더미에서 빛나는 7성구를 볼 수 있었다.

'대체 이게 어디 있었던 거지?'

아무튼. 자, 7성구까지 모았으니 용신을 불러보자.

"나와라, 신룡."

퍼엉.

나타났다. 내가 만화책에서 본 모습 그대로다.

그런데 용은 내가 소원을 말하기도 전에 이렇게 말하고 허무하게 사라졌다.

"은둔형 외톨이가 되고자 하는 너의 소원은 이루어졌다."

'…'

○ 장래 희망

어렸을 때 학교에서 장래 희망을 자주 조사했다. 요즘도 이런 조사를 하는지 모르겠다. 당시에는 대통령, 과학자, 발명가 등이 인기 있었던 것으로 기억한다. 확실한 사실은 나의 장래 희망이 은둔자는 아니었다는 것이다.

그런데 얼마 전, 친구 J가 술이 얼큰하게 취해 뜬금없이 나에게 추억의 질문을 던졌다.

"넌 장래 희망이 뭐냐?"

나는 한참 생각하다 "지금이 장래 아니냐?"라고 나름 멋들어지게 받아쳤다.

친구 J는 순간 움찔 놀라면서도 지기 싫은 듯 이렇게 받아쳤다.

"그러네. 우리에게 장래는 지금 이 순간일지도 모르겠다. 그런데 너 장례 치를 때까지 이러고 살면 어떡하냐."

▨ 추신
친구 J는 장례업에 종사하고 있습니다.

∘바로 나였다

희망이라는 돛이 꺾인 채 절망이라는 바다를 표류하던 놈.

바로 나였다.

'땀 흘리지 않는 자, 눈물을 흘리게 되리라.'

그래서 눈물을 흘린 놈.

바로 나였다.

사람들은 어떠한 분야에서 최고가 되려고 하기보다는 그냥 취미 삼아 해보는 정도에 그친다.

바로 나였다.

이젠 알겠다.

그래야 나중에 그것을 이루지 못했거나 해내지 못했을 때 변명거리가 된다는 것을.

난 여태껏 변명의 여지를 남기는 행위만 해왔다.

그게 바로 나였다.

접수 번호
259
대기 인원 001명
2018년 ○○월 ○○일
○○시 ○○분

방탈출협회

"뭘 멀뚱멀뚱 보고 앉아 있어? 네 차례야"

° 어른 아이

'엄마가 일찍 깨워줬더라면 시험공부를 더 할 수 있었는데.'

'아빠가 좀 더 부자였더라면 내 인생은 달라졌을 거야.'

'헤어진 그녀만 아니었다면 내가 지금까지 상처를 받고 있진 않을 텐데.'

'부장님이 회식 자리에 안 불렀다면 다이어트에 실패하지 않았을 거야.'

왜 이런 탓을 할 수밖에 없을까? 그렇지 않으면 자기 자신을 탓할 수밖에 없기 때문이야. 나도 그렇게 내 주변 탓만 하며 살아왔어. 그런데 내가 그랬듯이 네가 지금 느끼는 좌절 중 대다수는 주변 탓이 아니라 네 탓 같아.

"미안해. 네 탓이 아니란 좋은 말 못 해줘서…."

하지만 어쩌겠어. 계속해서 주변을 탓하는 것으로 위로받는 너는 아직도 주변인들에 좌지우지되는 '어른 아이'인 것을.

〰〰〰〰〰〰〰〰〰〰〰〰〰〰〰〰〰

▨ 추신

부모를 비난하는 것은 아직도 부모에게 매달려 있다는 의미다.

─낸시 프라이데이

◦ 분갈이

금수저, 은수저, 흙수저.

자신이 태어난 환경을 숟가락으로 부르는 사람들. 웬만하면 부러움이 없는 나 역시 간혹 뉴스를 보다 보면 힘 빠지기 일쑤다. 그렇다고 신세 한탄은 하지 않는다. 환경은 우리의 의지나 힘으로 바꿀 수 없는 영역이다. 하지만 나 자신은 바꿀 수 있다고 생각한다.

얼마 전 은행나무 분재를 본 적이 있다. 소나무 분재는 본 적이 있는데 은행나무는 처음 봐서 그런지 신기했다. 조그만 화분에 심긴 작은 은행나무가 너무나 아담하고 예뻐 보였다. 거리에 나가면 가끔 머리에 떨어지기도 하고, 사람들 발에 짓이겨져 고약한 냄새를 풍기는 거리 악취의 주범이 작게 분재가 돼 들어가 있으니 신선해 보였다.

계속 바라보다 보니 문득 불쌍해졌다. 원래 저러려고 태어난 게 아닐 텐데. 사람들 관상용으로 전락해버린 것 같았다. 동물원에 오래 갇혀 있어 사냥 의지와 공격성을 상실해버린 맹수처럼 느껴졌다.

궁금했다. 이 은행나무는 뭐가 다르기에 이렇게 작은 화분 속에서 작게 클 수 있는 거지? 씨앗이 다른가, 품종이 다른가?

아니었다. 동일한 씨앗이지만, 어디에서 자라고 어떻게 관리되느냐에 따라 전혀 다른 크기의 나무로 자라난다.

내가 어떤 열매나 꽃의 씨앗으로 태어났는지는 모른다. 다만 나 자신을 분재처럼 작은 화분에 가두고, 스스로 희망들을 가지치기해왔다는 사실을 알게 되었다. 그저 살고 있으니 됐어. '부모가 날 가꿔주잖아'라는 멍청한 생각을 해왔다는 것을 말이다.

화분에서 화분으로의 분갈이는 끝났다. 분재에 있던 나무가 넓은 초원에 옮겨 심기면 어떻게 자랄지 나는 모른다. 지금과는 달리 뿌리도, 기둥도, 가지도, 잎도 무럭무럭 자라나준다면 바랄 것이 없겠지만.

나는 이제야 다른 나무들처럼 관상용이 아닌 나무다운 나무가 되었다는 사실만으로도 만족한다.

º사소함의 조각

강연을 듣다 보면 많은 분이 이런 말을 한다.

"저는 대단한 사람도 아니고, 이런 곳에 설 만한 사람은 더더욱 아닙니다. 제 말을 통해 뭔가를 배우거나 깨달음을 얻으려 하지 마세요."

그럼 난 속으로 답한다.

'그럼 그 자리에 저를 세워주세요.'

적어도 내가 보기엔 대단한 사람들이다. 훌륭한 책의 저자고, 박사님이고, 선생님이고, 인지도 높은 연예인이다.

내 생각은 반대다. 난 이렇게 말할 것이다.

"전 별거 있는 사람입니다. 히키코모리라고요! 이런 저를 통해 무언가를 깨닫고, 배울 게 있다면 억지로라도 배우세요. 제가 하고자 하는 말을 멋대로 멋지게 해석해주세요. 어떤 단어나 말에서 깨달음을 얻는다면, 그것을 절대 놓치지 말고 메모라도 해 가세요. 저는 저만의 사소한 조각들의 총합입니다!"

◦ 그년놈들: 재주가 재주에게

여자 친구와 싸운 적이 있다. 사소한 말다툼에서 시작해 해서는 안 될 말까지 해버렸다.

"이럴 거면 우리 헤어져!"

우린 오래된 연인이었고, 가끔 싸우기는 했지만 곧 화해했기에 이 다툼도 크게 신경 쓰지 않았다. 시간이 지나면 자연히 회복될 것이라 생각했다.

며칠 후 우리는 그녀의 집 근처에서 만났다. 예상과 달리 그녀는 차가웠고, 돌이킬 수 없다는 말만 반복했다. 그녀의 단호한 태도에 당황하면서도 달리 뭐라 할 말이 없었다. 나는 그녀를 어렵게 떠나보냈다.

그러다 우연히 나와 형제처럼 지내던 동생과 만나왔다는 사실을 알게 됐다. 충격이었다. 사실 이해가 가지 않았다.

'어떻게 이럴 수 있지? 왜 하필 내가 아끼는 동생인데? 동생도 그래. 어떻게 나와 사귀는 여자를 만날 수 있지?'

사람을 도통 모르겠다는 생각과 함께 무서워졌다.

얼마 뒤 이 동생에게서 전화가 왔다.

"형 잘 지내세요? 요즘 어떻게 지내요?"

제일 반가웠던 음성이 가장 혐오스러운 목소리로 탈바꿈돼 들려왔을 때 "하아"라는 짧은 탄식과 함께 입꼬리를 양옆으로 억지로 잡아 늘인 씁쓸한 미소가 지어졌다.

순간 분노가 치밀었지만 조용히 말했다.

"나 알아. 걔 만나는 거."

그것이 동생과의 마지막 통화였다. 당연히 내가 모를 것이라고 생각했겠지만, 아니 그렇다 하더라도 너무나 아무렇지 않은 말투와 태도에 애써서 부정하고 참고 있었던 모든 분노와 치욕이 나의 마음을 난도질했다.

그 후, 나는 제정신이 아니었다. 사는 데 의욕이 없었다. 사람들이 나를 손가락질하는 것 같았고, 멍청하다고 수군거리는 것 같았다.

내 방 안에 나를 가뒀다.

돌이키고 싶지 않은 기억이지만, 이제 와서 두 사람을 원망하거나 하지는 않는다. 가끔 이런 생각은 한다.

한여름에 선풍기가 고장 나길. 소개팅 자리에서 커피 쏟길. 면접에 늦었는데 반대 방향 지하철을 타길.

안다. 찌질하다는 거. 이렇게라도 해야 내 속이 좀 나아지려나 싶다.

그래, 분명 나도 모르게 내가 잘못한 일이 있었을 것이다. 제목을 저렇게 정한 것은 한 번쯤은 욕하고 싶었는데 그러지 못한 지난날에 대한 내 소심한 반항이라고 생각해주길 바란다.

꽤 오랜 시간이 지나고 그녀를 다시 만날 기회가 있었다.

"혹시라도 내가 그 시절 상처 주거나 잘못한 게 있었다면 용서해줘."

바보 같았다. 얼굴을 마주치면 대차게 쏘아붙이고 싶었는데. 오히려 걱정해버린다. 난 좀 덜떨어진 것 같다.

방에 자신을 가두는 이유는 각기 다를 것이다. 자신감이 떨어지고, 되는 일이 없다고 생각되고, 사회적으로 쓸모가 없어진 느낌을 받을 때일 것이다.

지금 그 쓸모없다고 생각되는 재주가 또 다른 재주들에게 위로한다.

° 추천받은 삶 1: 직장 비긴즈

'그년놈'이 내 은둔형 외톨이 생활의 스타트를 끊어줬다면, 그 뒤의 일들은 계속해서 자존감을 떨어뜨렸다.

그 한 가지, 한 가지를 풀어보겠다.

길고 길었던 대학 생활을 마치고 사회 초년생이 되었다. 대학 생활 내내 알바 한 번 안 하고 부모님에게 용돈을 받아 술값으로 탕진만 한, 생각 없던 내가 갑자기 사회인이 되었다고 나아질 리가 없었다. 남들은 학점에 열을 올리고, 미래에 대한 걱정으로 가득했을 4학년 시절에도 막연하게 '뭘 해도 잘되겠지'라고 대책 없이 낙천적으로 생각했다.

이 얼마나 철없고 한심한 젊은이인가.

사진을 찍고, 자기소개서를 쓰고, 이력서를 만들어본다. 아무리 사회 초년생이라 해도 쓸 게 너무 없는 인생이었다. 취업 활동도 열정적이지 않았다. 그래서 그 시기에 그런 사건이 터진 것인지도 모르겠다.

보이지 않는 곳에서 사람들이 이렇게 달라질 수 있다는 것을 깨닫고, 사람들과 점점 담을 쌓게 됐다. 집에 있는 시간이 길어졌고, 그런 조카가 딱해 보였는지 작은아버지께서 일자리를 주선해주셨다. 친구 중에 회사 간부가 있는데, 원한다면 면접 볼 기회를 마련해주겠다는 것이었다.

뭐라도 해야 했다. 일이라도 하면서 계속 머릿속을 괴롭히는 이 현실에서 벗어나고 싶었다. 면접은 내가 생각해도 훌륭하게 잘 봤고, 그렇게 회사에 들어갔다.

다만 뜬금없게도 4년간 영어를 공부하다 화학 회사에 입사했다. 천만다행인 것은 총무과 관리부 업무였기에, 차근차근 배우면 할 수 있을 것 같았다. 문제는 원래 그 일을 하시던 분이 엄청 일을 잘하고, 오랫동안 근무했는데 남아프리카공화국으로 갑자기 이민을 가는 바람에 급하게 뽑은 사람이 나란 사실이었다.

한 세 번 정도 봤을까?

"재주 씨, 딱 보니 잘할 것 같아."

이 말만 남기고 남아프리카공화국으로 떠났다.

내가 속한 관리부의 부장은 여성분이었고, 한 분씩 있는 대리와 주임도 모두 여성분이었다. 밝고 친근하게 대해줬지만, 내 감정 상태가 안 좋은 시기였기 때문에 보이지 않는 벽을 치고 그분들과 가깝게 지내려 하지 않았다. 지금 생각하면 조금 죄송하다. 사회 초년생인 나에게 많은 분들이 잘해주려 노력했다는 것을 이제야 알았다.

아무튼 갑작스럽게 관리부에서 일하면서 배운 점이 많았다.

하루 종일 컴퓨터 앞에 앉아 있어야 하는 일의 고충을 알 수 있었다. 여성 간부에 여직원 두 명과 일했기에 어떻게 하면 실례가 안 되는지, 눈치 있게 말하는 것인지 배울 수 있었다. 여성들의 고민이나 상처가 되는 말과 행동, 대화 수위 등에 대한 개념이 생겼다.

하지만 1년도 못 견디고 회사를 나왔다. 회사가 조금 힘들어져서 사무실을 축소하고, 인원을 줄여야 하는데 나보다 회사에 필요해 보이는 분들이 퇴사하는 것이 납득이 안 됐다. 젊음의 객기였을까. 겁 없이 회사를 관뒀다.

도미노의 첫 블록 같은 사건이었다.

○ 추천받은 삶 2: 다크 세일즈

직장 생활을 해봤다고 조금 자신이 붙었던 것일까? 취업 활동에 박차를 가해본다.

여전히 이력서에는 경력 사항이 거의 없지만, 그간의 경험을 자기소개서에 잘 녹여내어 자신감을 어필했다. 사실 그 자신감은, 누구에게나 있는 자신감이었다.

구직 활동하는 기간이 길어지자 그 자신감은 온데간데없이 사라졌고, 자존감마저 떨어지고 있었다.

'내가 너무 건방졌구나.'

자책하고, 후회했다.

그런 어두운 표정들이 보였던 것일까? 미용실을 하는 고모가 내 머리카락을 자르시며 묻는다.

"너 영업 안 해볼래?"

"영업요?"

고모의 말대로라면 나는 얼굴도 반반하고, 말도 꽤 잘하며, 창피당하는 것을 두려워하지 않으니 영업이 딱이라고 하셨다. 그러면서 내가 일하게 될 영업 팀은 회사에서 만드는 염색약이

나 펌약, 샴푸나 왁스, 기계 같은 헤어용품 전반을 파는 일을 도맡아 하는데, 충분히 내가 할 수 있을 거라고 힘을 주셨다.

그렇게 확신에 차 말씀해주니 정말로 그럴 것 같았다. 미용 관련 회사에 다시 추천을 받고 가게 됐다.

여의도에 위치한 이 회사 면접은 생각보다 간단했다. 어떻게 그리 간단하게 사원이 될 수 있었는지는 아직도 잘 모르겠다. 다만 영업 사원이 원래 이렇게 많이 필요한가 싶을 정도로 회사의 반이 영업부였다.

많은 영업 팀 중 한 팀에 들어갔다. 과장님 한 분을 제외하면 또래 남자들로만 이루어져 있었다. 형이 없는 내게는 다들 형 같은 존재로 다가왔다. 처음에는 동생처럼 잘 대해주는 것 같더니 날이 지날수록 실망스러운 모습들이 보이기 시작했다.

부서 내에 유독 뒷말이 많았다. 다 큰 어른들끼리 욕하고 고자질하고 험담이 끊이질 않았다. 또한 남자들만 모인 곳이라 그런지 성적인 대화가 주를 이루었다. 맞춰주자니 같은 부류가 되는 것 같았고, 안 맞춰주자니 뒷말이 나올 것 같았다. 양아치 그룹에 들어간 느낌이었다.

그럼 선배들에게 무엇을 배웠느냐? 영업 사원으로 고객을 상대하면서 이중적인 태도와 적당한 아부, 비위 맞추기와 화려하게 겉모습을 꾸미는 방법 등을 배웠다.

쓰다 보니 안 좋은 이야기 같지만, 꼭 그렇지만은 않다. 훗날 살아가면서 여러 가지로 활용할 수 있었다. 알지 못했던 낯선 분야에서 새로운 뭔가를 배운다는 것은 감사한 일이다.

이곳은 3개월가량 선배들 영업하는 것을 배우다가 자리가 생기면 실전에 투입되는 시스템이었다. 나도 한 3개월 정도를 배우고 있는데 자리가 생겼다고 했다.

한시라도 빨리 해보고 싶었다. 배우는 과정에서 서울, 인천, 경기도에 있는 헤어숍을 두루 다녀보니 원장님뿐만 아니라 속해 있는 선생님들과도 사이좋게 지내는 모습이 좋았다.

그게 왜 좋았느냐고? 다들 엄청 예쁜 선생님이어서 좋았다.

어느 날 부장님이 불렀다. 이런저런 기대감에 빠져 있는 내게 배정된 장소를 알려주었다. 대구였다. 결심이 필요했다. 태어나서 처음 타지 생활을 하는 것이지만, 배운 것도 있고 자신도 있었다.

'그래, 차라리 잘됐다. 여기서 양아치 같이 될 바에야 그곳에서 잘 시작해보자.'

전 직장에서 번 돈으로 중고차와 내비게이션을 사서 대구로 향했다. 내가 맡은 지역은 대구 중에서도 외곽이었다. 커다란 숍이라고 부를 만한 곳이 하나도 없었다. 나에게 지역을 인수해주던 과장님은 하도 갈 곳이 없어서인지 인수인계 첫날, 나를 데리고 만화방에 갔다.

'이거, 뭔가 이상하다.'

그 과장님이 담당했던 곳은 거의 마흔 군데였던 걸로 기억한다. 조그마한 동네에 아주머니나 할머니 혼자 일하는 미용실이 많았다. 좌절이었다. 이곳에서 한 달에 얼마 정도의 영업 이익을 내야 한다니 '앞으로의 생활이 만만치 않겠구나' 라고 생각했다.

'내가 새로운 거래처를 만들면 되지! 할 수 있다. 파이팅!'

그렇게 파이팅을 다짐하고 6개월 정도 후에 나는 다시 인천으로 올라왔다.

이유는 이렇다. 시간이 흐르면서 이 밖에도 이상한 일을 알게 된 것이다.

바로 전 담당자는 주문을 받지도 않고 자신이 물품을 구입하는 식으로 거짓 영업을 해 회사 이익을 만들었다. 그 액수가 자그마치 2억 원에 달한다고 들었다. 그렇지 않아도 힘든 지역인데, 바로 전 담당자의 '빵꾸'를 메워가며 일해야 했다.

대구에서 만난 선배들은 모두 착하고 좋았다. 같이 '으쌰으쌰' 힘을 불어넣어줬지만, 사실 더 이상 머무를 이유가 없었다.

'아, 난 왜 이리 운이 없을까? 큰소리치고 대구까지 온 건데 돌아가면 부모님 얼굴을 또 어떻게 볼 것인가?'

괜히 모든 것이 그년놈 때문인 것만 같았다. 그때부터 불행이 시작된 것만 같았다. 잘 다니던 첫 번째 회사를 나온 탓인가. 말도 안 되는 핑계를 생각하며, 자존감이 떨어져만 가는 것을 지켜보는 수밖에 없었다.

사람들은 더욱더 싫고, 믿을 수 없는 존재가 됐다. 대구에 가져갔던 짐을 인천 집으로 나르는데, 소리 없이 눈물을 흘리는 나와 함께 묵묵히 짐을 날라준 친구 J만이 위안이 됐다.

물론 부모님은 그렇게 생각하지 않으셨겠지만, 나는 부모님에게 무능한 아들, 포기가 빠른 아들이 돼가고 있다고 느꼈다. 끈기 없고 자존감 낮은 사람이라는 최면에 걸리기 시작했다.

그리고 알게 됐다. 집에 있을 때, 그것도 내 방에 있을 때만은 아무 일도 일어나지 않는다는 사실을 말이다. 찾은 것이다. 안전하다고 생각하는 곳을….

○ 추천받은 삶 2.5: 중간 관리자

두 번의 회사 생활에서 얻은 건 끈기 없고 못난 놈이라는 자각과 자책뿐이었다. 이력서에 쓸 경력 한 줄 얻지 못한 것이 죄송하고 눈치 보여 방에서 나가지 않았다.

또 얼마나 흘렀을까? 고모가 놀지 말고 자신의 미용실에서 매니저 업무를 봐달라고 했다. 놀면 무엇 하겠는가. 바로 출근했다.

영업 사원 때 보던 미용실의 세계와 미용실 안에서 느끼는 미용실의 세계는 또 달랐다. 처음에는 고객 응대에 최선을 다하면 될 줄 알았는데 그것만이 아니었다.

애매하게 중간에 껴서 새로운 것들을 배우게 되었다. 예를 들면 상사 마인드와 직원 마인드를 파악할 수 있었다. 상사가 없을 때 직원들은 어떤 태도와 생각을 가지고 일하는지, 직원들이 없을 때 상사는 어떤 것에 고민하고 변화하려 하는지 알게 되었다.

잠깐 동안이었지만 중간 관리자로서 그들 사이를 어떻게 조율하는 것이 좋은지도 알게 된 기회였다. 하지만 이 일 역시 쉬는 날이 화요일뿐이라는 것을 핑계로 짧은 시간을 몸담다 나온다.

° 추천받은 삶 3: 인내심 라이즈

또 은둔형 외톨이로 돌아왔다. 짧게 일하고 나오는 것에 익숙해졌는지 창피하지도 않았다.

누군가에게 추천받은 삶이 거듭되고, 나는 그것을 참아내지 못했다. 이 사실을 깨달으니 더 이상 추천받을 만한 삶이 없었다.

이번에는 좀 심각하다. 방에서 거의 나가질 않는다. 식사는 언제나 혼자 있을 때 한다. 연락처를 바꾸고, 아무도 안 만나려 한다. 원래 아는 분들은 이날 모두 나의 인생에서 삭제됐다. 몸은 계속 안 좋아졌다. 누가 봐도 폐인이다.

이런 나를 방에서 끄집어낸 것은 가족이었다. 어머니가 "아버지 몸이 안 좋으니 네가 좀 도와줘야겠다"라고 하셨다.

조금 도와드릴 생각이었다. 그런데 나중에 알고 보니, 이러다 내가 방에서 잘못될 것 같아서 고육지책으로 쓰신 방법이었다. 얼마나 안 좋게 보셨기에 아들에게 거짓말까지 하셨을까? 지금 생각하면 난 정말 루저, 쓰레기였다.

아버지 가게는 큰 기업 안에서 조합원들을 상대로 하는 스포츠용품점이었다. 매일 오전 여섯 시에 일어나서 오후 다섯 시까지 일했다. 일정한 출퇴근 덕분에 건강한 모습을 되찾을 수 있었다.

여기서는 그야말로 인내 트레이닝이었다. 부주의로 부러뜨리거나 망가뜨린 물건을 바꿔달라거나 신발이나 옷을 사서 가격표나 포장을 뜯은 채로 사이즈를 바꿔달라는 분들이 있었다. 나는 출근하기도 싫은데, 이런 아저씨들에게 말도 안 되는 일로 서로 얼굴을 붉히는 것이 싫었다. 어쩌면 그동안의 직장 중에 제일 짜증 나는 곳이었다.

하지만 의외로 최장수 기간인 5년 정도를 일했다. 아저씨들을 대하다 보니 내 욱하는 성격이 점차 나아지기 시작했다. 가끔 놀러 오셔서 말동무가 되어주시는 어른들도 생겼다. 그 나이 먹도록 여자 친구도 없고, 결혼도 안 하느냐는 게 주된 대화였지만, 그것도 좋았다. 대화 자체가 좋았다. 웬만큼 무례한 손님이 와도 포커페이스를 유지한 채 잘 응대하는 법도 터득했다. 이것 또한 추천받은 삶이지만, 이 기간 트레이닝을 받으며 점차 사람이 되어가고 있었던 것 같다.

이런 모습이 좋게 보였던 것일까? 매부가 뜻밖의 제안을 하는데….

ㅇ추천받은 삶 4: 중국에서 찾은 꿈?

이렇게 꾸준하게 일하는 모습이 좋은 인상으로 남은 것일까? 매부에게 뜻밖의 제안을 받았다. 바로 중국 광저우라는 곳에서 오랫동안 일을 봐줄 믿을 만한 사람을 구하고 있다는 것이다.

"나는 형님이 딱이라고 생각하는데 어떠세요?"

인천 밖에도 안 나가는 내가 중국에 간다고? 대구에 내려갔을 때가 생각났다. 생각 없이 결정해서는 안 된다. 차근히 잘 생각해보자. 결론은 쉽게 나지 않았다.

"생각할 시간을 주세요."

며칠이 지나고 어머니가 방문을 열고 들어오셨다.

"재주야, 지난 5년간 뭘 배운 거니? 이제 어딜 가서도 잘 이겨낼 수 있을 거야. 남은 엄마, 아빠는 걱정하지 마. 너 없이도 충분히 가게를 잘해나갈 거야."

어머니의 말씀을 듣고, 중국이란 세상으로 나가기로 결심했다.

사실은 한 가지 이유가 더 있었다. 이즈음에는 만날 사람이 하나도 없었다. 결혼한 몇몇 친구가 벼슬이라도 얻은 양 오랜 기간 집에서 홀로 있는 내 모습을 보고는 연락을 끊었다. 히키코모리 생활을 하면서 알게 된 잔인한 사실이었다.

내가 아무것도 아니라는 생각이 들 때 나를 위로해주는 친구는 없고, 선생님이 되어 나의 무능함을 지적 또는 질책하거나, 아니면 아예 포기하고 버리는 친구만 있다는 것을 알게 됐다. 이들이 보기 싫어서라도 나가기로 결심했다.

다행히 중국에서의 생활은 나쁘지 않았다. 현지 직원들하고도 잘 지냈다. 나를 편견 없이 대해주었다. 물론 회사 생활을 제외하면, 중국에서의 생활 역시 오롯이 혼자만의 생활이었다. 집과 회사, 회사와 집 외에 다른 곳을 가지 않았고 직원 외에 다른 사람을 만날 기회가 없었다. 나쁘지 않았다. 한국에서나 중국에서나 혼자인 건 매한가지니 말이다. 한국에서 생활할 때보다 부지런해지긴 했지만, 여전히 난 은둔형 생활을 하는 외톨이였다. 그러다 보니 잠시라도 여유가 찾아오면 할 수 있는 일이라곤 그저 침대에 누워 혼자 생각하는 일뿐이었다.

다만 음식이 입에 맞지 않아서 라면 한 개와 콜라로 때우는 날이 늘어갔다. 그래서였을까? 몸이 안 좋아졌다. 얼굴, 피부, 치아, 몸속까지 가리지 않고 문제가 발생했다. 잦은 복통은 약과였다. 일주일간 딸꾹질이 멈추지 않는가 하면 생뚱맞게 이가 부러지기도 했다. 아파도 병원이 없어 동네 작은 의원 같은 데서 말도 안 통해 뭔지 모를 링거를 두세 시간씩 맞아야 했다. 제일 싫었던 것은 몸의 체형이 점점 내가 알던 내 체형에서 벗어나고 있었다는 것이다. 안으로도 겉으로도 몸은 점점 안 좋아지고 있었다.

어느 날, 그동안 왜 일을 오래 못하고 매번 좌절에 빠졌는지 곱씹게 되었다. 그리고 장고 끝에 스스로 하고 싶은 일을 찾아 하지 않았기 때문이라는 결론에 이르렀다. 지금껏 '추천받은 삶' 만을 살아왔다는 것을 비로소 알아차린 것이다. 중국에서의 생활이 제법 지났을 때였다. 더 늦기 전에 좋아하는 일을 스스로 찾아 이루고 싶어졌다. 아직까지 그게 무엇이 될지 모르겠으나 꼭 발견하여 이루고 싶었다. 때마침 건강상의 문제로 한국으로 돌아온 나는 중국의 업무를 정리하고 꿈을 찾는 것에 전력을 다할 생각이었다. '일단, 건강부터 회복하자. 그리고 찾자!' 물론 처음에는 정말 건강을 회복하는 것이 가장 큰 목적이었다.

그러나 여러분의 예상대로, 시간이 흐르는 동안 몸은 나았지만 정신은 또 아파지고 있었다. 느린 인터넷 때문에 하지 못했던 게임과 인터넷에 한이라도 맺힌 듯 정신없이 몰두했다. 새로운 꿈을 발견하기는커녕 하루 종일, 일주일 내내 방 안에 있는 나를 발견했다. 관성과 습관이 이래서 무섭다고 하는 걸까. 이렇게 주기적으로 은둔의 늪에 빠지는 것은 내가 생각해도 쓸데없이 일관성 있다.

° 추천받은 삶 5: 어쩌다 히키코모리가 되어

"사실 이런 것들 때문에 히키코모리가 되었습니다."

이렇게 속 시원히 말하면 서로 깔끔하게 이해되고 편할지 모르겠다. 하지만 또 다른 방면에서 생각해보면, 이런 일련의 사건들이 나를 방으로 이끈 이유 전부라고 볼 수 있는지 의문이 든다. 분명 게으름이나 나태, 게임과 야동 중독, '이대로도 살 수 있지 않을까' 하는 안이한 생각도 적지 않게 작용했을 것이다.

〈스파이더맨: 홈커밍〉이라는 영화를 보면 벌처라는 악당이 나온다. 처음부터 악당은 아니었다. 벌처는 뉴욕이 전쟁으로 파괴되자 전 재산을 털어 뉴욕을 재건할 기계를 사고 인부들을 고용했다가 권력층 때문에 그 일자리를 빼앗기고 만다. 잘해보려고 한 일이었는데, 결과적으로 자신과 가족을 한순간에 길거리에 나앉게 만들 원인이 되고 만다. 가족을 아끼고 사랑하는 중년 가장이었을 뿐이었는데, 주위 환경과 사람들이 계속 힘들게 만들면서 태어난 악역. 어쩌다 보니 이렇게 되어버린 악당.

내가 히키코모리가 된 이유도 이와 크게 다르지 않다.

그럼 왜 10년간이나 나오지 못했는가?

출판사 미팅 때 편집자가 히키코모리가 된 계기와 10년 동안 방에서 나오지 못한 이유를 물었다.

나는 이렇게 대답했다.

"폐암에 걸린 사람이 암을 극복했다면, 극복했다는 이야기가 중요한 게 아닐까요? 폐암에 왜 걸렸는지, 투병 기간 이야기가 중요한 게 아니잖아요."

사실은 오래전부터 알고 있었다. 내가 10년이나 이러고 있었던 것은 비겁한 핑계와 변명 때문이라는 것을.

'커다란 이유가 있을 거야' 하고 기대하신 분이 계셨다면 죄송하다. 이게 솔직한 답변이자 진심이다.

어쩌다 보니 편하고 안전한 장소인 방에 들어가게 되었고, 이 생활을 즐겼다. 그렇게 히키코모리가 되었고, 10년이라는 시간이 흘렀다.

나는 미식가였나 보다.

10년이 지난 지금까지도 부모님 등골을 빼먹고 있으니….

○ 해보면 안다

라식이나 라섹 수술을 한 사람에게 정말 잘 보이느냐고 물어봐라. 세상이 달라 보인다고 할 것이다.

몇 개월마다 안경 렌즈를 새로 맞출 때마다 도수 때문에 두께가 점점 두꺼워졌다. 거기에 따라 눈알은 점점 작게 보여서 이상해진다. 유행에 따라 안경테도 주기적으로 바꿔야 한다. 나만 잘 보이면 되는데, 남들에게까지 잘 보여야 하는 것이 귀찮다. 겨울에 김 서리는 것은 또 얼마나 귀찮은가. 양쪽 관자놀이는 안경에 눌려 뼈까지 변형됐다.

렌즈를 하면 나아지는가? 일회용 렌즈는 선명하게 보이지 않고, 비싸게 맞춘 렌즈는 한쪽만 잃어버려도 다시 맞춰야 한다. 아무리 기술이 좋아진들 눈에 피로감을 줘서 항상 충혈된다. 비싼 안약을 주기적으로 넣어줘야 하고, 좋은 세정액으로 관리해야 한다. 염증이라도 생기면 한동안 렌즈는 천덕꾸러기 신세가 된다. 나중에 찾았을 때 말라비틀어져 있는 모습을 보면 물을 제때 안 줘 시들어버린 어린 묘목보다 더 안쓰럽다.

오랜 세월을 함께해준 안경과 렌즈를 놓아줄 수 있을까?

그동안 겁이 많아서 미뤄왔던 라섹 수술을 하기로 마음먹는다. 5일간의 눈물 나는 시련을 견디고 나니 세상이 밝아졌다. 그냥 하는 말이 아니다. 세상이 밝아지고 맑아지고 선명해진다.

그 후에도 안경과 렌즈를 한동안 버리지 못한다. 세상일 어떻게 될지 모르니까 말이다.

반년쯤 지난 뒤, 가지고 있던 모든 안경과 렌즈, 세정액, 안약 등을 버렸다. 더 이상 필요하지도, 그것들의 도움을 받지 않아도 된다는 확신이 들었다. 그리고 5년이 지난 지금까지 좋은 시력을 유지하며 행복해하고 있다.

해보면 안다. 왜 진작 이러지 못했을까? 후회가 될 정도로 말이다. 나와라. 나오면 안다. 왜 진작 나오지 못했을까? 후회가 될 정도로 말이다.

°난 지금 누구에게 말하는 걸까

하루 종일 방에만 있으면 별의별 상상을 다 한다.

그날도 여느 때처럼 빈둥빈둥 침대에 몸을 눕다시피 기댄 채 내 인생은 어디서부터 꼬인 걸까 회상하고 있었던 것 같다. 과거로 돌아갈 수 있다면 나 자신에게 지금의 현실을 알릴 수 있을 텐데. 이런 잡념들이 꼬리에 꼬리를 물고 결국 이런 생각을 하게 됐다.

타임머신을 탈 기회가 주어진다면 20대로 돌아가 그간 벌어진 일에 대해 자세하게 설명한 후 "같은 실수를 반복하면 안 돼!"라고 말하려고 했다. 그런데 생각해보니 그렇게 하는 것은 그 순간을 살고 있는 20대의 재주에게 자유의지를 구속하고, 시키는 대로의 삶을 강요하는 것이 아닌가…. 앞으로 내가 당하게 될 것처럼. 그리고 그동안 그런 것들을 당연하게 받아들였던 것처럼 말이다.

그래서 지금은 생각이 바뀌었다.

자신만의 역사를 써 내려가는 데 있어서, 어쩌면 실패는 불가피하다. 다른 인생길을 알려준다 하더라도 분명 다른 안 좋은 일이 벌어져 다른 실패를 만나게 될지도 모른다. 아무리 훌륭한 업적을 쌓거나 높은 사회적 지위를 가진 분들이라 해도 나름의 실패를 경험했다. 그 실패는 그분들을 지금의 모습으로 성장하게 하고 이끌어준 동력이었을 것이다.

실패에 무릎 꿇으면 실패로 끝나지만, 다시 일어선다면 성공을 향한 성장이 될 것이다. 다만 중요한 것은 그 누구도 일으켜 세워주지 못한다는 것이다.

힘내라고 응원해줄 수는 있다. 하지만 결국 일어서는 힘은 자신의 의지와 결단, 용기가 합쳐질 때 가능하다.

내가 만약 과거로 돌아간다면 어린 내게 이렇게 말할 것이다.

"재주야, 넌 앞으로 많은 시련과 실패, 좌절을 맛볼 거야. 겁이 많아서 그런지 다행히 그때마다 극단적인 생각은 안 하더라. 잘했어!

대신 '이 모습은 내가 아니야'라고 생각할 거야. 너 자신을 부정하고 잘나가는 척, 괜찮은 척 연기도 하게 돼. 시간이 지날수록 그 거짓된 모습에 움츠러드는 삶을 선택하고, 스스로 고립돼 갈 거야.

괜찮아! 오랜 시간이 흐른 뒤에야 깨달았어. 몸을 사리는 일은 살아 있지 않은 것과 같다는 것을. 아무것도 아닌 자신을 발견하고 내려놓고 인정하는 날, 네가 원하는 걸 깨닫고 비로소 목표가 생길 거야.

　그날이 오면 우리 약속 하나만 하자. 더 이상 부정적인 말로 자책하지 않고, 희망적인 미래만 믿으며 네 모든 에너지를 거기에 쏟겠다고 말이야. 잊지 마. 네가 부질없다고 생각하는 시간과 좌절하고 고뇌하는 시간 모두, 비로소 스스로 일어나게 하는 큰 힘이 되리란 걸.

　한 가지만 더! 오랜 시간 혼자서 너무 끙끙대지 마. 힘들면 세상에 나가! 분명 널 응원해줄 사람들을 만날 수 있을 거야. 힘내! 결국은 네가 그리고 바라는 대로 될 거야."

No Pain, No Gain.
고통 없이는 얻는 게 없다.
No 페인, No Gain.
폐인 생활이 없었다면 얻는 게 없었을 것이다.

°비보호좌회전

비보호좌회전을 할 때는 주의해야 한다. 신호가 바뀌더라도 주위를 잘 살펴야 한다. 만약 접촉 사고가 나면 비보호좌회전을 하던 차량의 잘못이 된다.

밖으로 나온 지 얼마 되지 않았을 때 부주의한 탓에 사건이 일어난 적이 있다. 그 이야기를 해볼까 한다.

한 강연장에서 어느 예쁜 여성분이 호감을 표시해 연락처를 교환했다. 그리고 며칠 뒤 개인적으로 만나고 싶다는 연락을 받았다.

같이 저녁을 먹었다. 그동안 친구가 없었던 나는 나에 대한 이런저런 이야기를 신나게 늘어놓았다. 그러다 그녀가 잠시 화장실을 다녀오겠다며 자리를 비웠는데 '뭐야, 나 두고 혼자 간 거 아냐?' 하는 생각이 들 때쯤 돌아왔다. 그녀는 아는 언니가 오는데, 잠깐 불러도 되는지를 물어봤고 나는 흔쾌히 오시라 했다.

잠시 후 자연스럽게 합석한 아는 언니는 내 여기저기를 보더니 이름과 생년월일 등을 물었다. 그러면서 나에 대해 많은 것들을 알아맞히기 시작했다. 놀랍고 신기했다. 그러더니 조상에게 인사만 드리면 이제부터 하는 일이 잘 풀릴 텐데 아쉽다고 했다.

그동안 못나게 살아와서였을까? 이제부터 잘 풀린다는 말에 정신 줄을 놔버렸다.

"인사를 드려요? 그게 뭐죠?"

호기심에 방법을 알려달라고 했고, 아는 언니는 마침 오늘이 딱 좋은 날이라면서 자신이 기도하는 곳으로 나를 인도했다.

이제 대충 눈치채셨을 것 같다. 한참 후 정신을 차려보니 뭔지도 모를 어느 종교 단체에 돈을 내고 절하고 있는 나를 발견할 수 있었다. 그 한심한 모습이 3인칭으로 그려졌다.

'읍… 젠장.'

이런 생각이 들 때는 이미 너무 늦어버렸다. 그날 나는 이런 종교를 알게 돼 너무 행복하다는 연기를 해가면서 조용히 빠져나오는 것에 만족해야 했다. 나에게 접근했던 그녀는 처음부터 이날을 계획한 모양이었다. 화장실에 간다며 오래 자리를 비운 동안 아는 언니에게 나에게 들은 이야기를 들려준 것이다. 그러니 나에 대해서 잘 알 수밖에.

평소의 나는 의심이 많고, 조심성도 많다. 그런데도 '이렇게도 속아 넘어가는구나'라고 배운 날이었다. 물론 안 그러시는 분들이 대다수겠지만, 말하는 것을 유심히 관찰해 나와 같은 실수를 하지 않길 바란다. 왜냐하면 나는 이번 일로 '역시 난 구제 불능이야. 내가 그러면 그렇지. 밖에 나오자마자 이런 거에나 속고 그냥 방에나 있을걸' 하고 하마터면 다시 방으로 들어갈 뻔 했으니 말이다.

비보호좌회전 사고는 그 누구의 책임도 아닌 자기 과실임을 새삼 느꼈던 하루였다.

○ 연금술사

나는 연금술사였다.

군것질을 비만으로
불규칙한 생활을 건강 악화로
시간을 TV 버라이어티쇼로
투자를 게임으로
돈을 허공으로
친구를 외면으로
만드는 연금술사였다.

연금 낼 돈 있으면 차라리 술 사 먹겠다고 생각했다.
나는 그렇게 초보 연금술사였다.

운동을 건강으로
책을 지혜로
강연장 찾아다니는 것을 동기부여로

저금을 목돈으로

대화를 인맥으로

연락 한 통을 대인 관계로

만드는 연금술이 버젓이 있었는데도 말이다.

난 그동안 게을렀다.

초보 연금술사들만 빠진다는 그릇된 연금술을 행하고 있었다.

건강의 소중함을 느끼지 못한 채 생각 없이 살아왔다.

시간의 소중함을 느끼지 못한 채 의미 없이 흘려보냈다.

그래서 남은 인생은 후회가 없도록 누구보다 치열하고 열심히 살아야 한다.

그래야 한다.

이제부터 땀을 결실로 바꿔야 하는

누구나 다 할 수 있지만 아무나 될 수 없는

중급 연금술사의 길로 접어들게 되었다.

° 시크릿

귀여운 조카가 집에 들어서자마자 내 방으로 뛰어들어왔다. 목적은 하나. 내 책장에서 A4 용지 다발을 꺼내기 위함이다. 본래는 책을 쓰겠다고 마음먹고 산 프린트용 종이인데, 조카가 그림 그리는 데 더 많이 쓰였다. 아무튼 A4 용지 다발을 빼내다가 꽂혀 있던 책들까지 와장창 떨어뜨렸다.

"삼촌이 정리해."

그러곤 도망친다.

책장에 한 권씩 다시 꽂다가 문득 눈에 들어온 책이 있었다. 고급스러워 보이는 붉은 표지의 양장본. 한 번 읽고 책장에서 잠들어 있어서인지 새 책 같은 느낌. 우리나라에서 크게 유행한 적이 있는 《시크릿》이라는 책이었다.

이 책에는 '끌어당김의 법칙'이라는 핵심 법칙이 등장한다. 무엇인가를 간절히 원하면 이루어진다는 법칙이다.

물끄러미 방을 쳐다봤다.

'네가 날 이곳으로 끌어들였나?'

◦ 그래서 늘 방 안이야

어느 날 침대에 누워 천장을 바라보며 깊은 생각에 빠져들었다.

'지금의 이 생활이 내가 그토록 바라던 삶일까?'

'어쩌다 이 지경까지 됐지?'

'기사회생할 마음도 열정도 사라진 거야?'

이런 생각을 수도 없이 반복했다. 그러다 문득 지금껏 질문만 했고, 그에 대한 대답을 해본 적이 없다는 것을 깨달았다. 천재다. 나에게 남는 것은 시간이다. 질문에 답을 하나씩 해보기로 했다. 적어보면 이렇다.

– 일하기 싫어?

"아니. 근데 방법을 모르겠어. 시키는 대로 살아와서 혼자 뭔가를 이룬다는 것이 상상이 안 돼. 상상이 안 되니 실천이 안 돼. 실천이 안 되니 늘 방 안이야."

– 결혼은 할 거야?

"하고 싶어. 근데 누가 나를 좋아해주겠어? 가진 것도 없고,

나태하지. 막상 여자가 생겨도 잘 안 챙겨줄 텐데. 그러니 지금 누군가를 만나봤자 아니겠어. 그래서 늘 방 안이야."

– 방에서 나가고 싶니?

"응. 깨작깨작 시도도 해봤지만 쉽지 않아. 지금까지 인생이 내 뜻과 다르게 흘러왔듯이 방 밖의 생활도 내 생각대로 되지 않더라. 다른 상처가 생기고 다른 목적으로 이용당하고 모두가 착하지만은 않더라. 차가운 시선과 편견에 자신감이 계속 줄어들더라. 그래서 늘 방 안이야.

방 안은 싫지만, 이런 고민을 할 수 있는 장소도 방 안밖에 없더라. 정체되어 있는 것 같으면서도 성장하는 것 같은 착각을 들게 해주는 곳도 방이었어. 못난 나를 정확하게 볼 수 있게 해준 곳도, 그래서 내가 무엇을 해야 할지 고민하게 해준 곳도, 수많은 고민 끝에 할 수 있다는 작은 희망과 의욕을 선물해준 곳도 방 안. 그래서 늘 방 안이야."

⚬ 영화의 숨은 뜻

영화를 보다가 남들도 다 눈치챌 만한 복선이나 앞으로의 전개를 예상하고서는 왠지 모를 희열을 느끼며 아이마냥 뿌듯해하다가 행여 들킬까 팝콘을 슬그머니 입에다 집어넣는다.

클라이맥스에 다다르고 역시 내가 예상한 대로 이야기가 전개되거나 복선이 드러났을 때. 그때는 아무도 쳐다보는 이 없지만 의기양양 어깨가 올라간다. 티 내지 않으면서 몸을 좌우로 꼼지락거린다.

모두가 회사에 있을 시간인 평일 낮. 처량하게 혼자 영화관에 갔다가, 이게 뭔 뿌듯함인가 하는 생각은 영화가 끝난 뒤에나 든다. 그때는 그때의 으쓱함을 즐긴다.

특히나 어려운 영화를 관람했을 때는 더욱 심각해진다. 집에 도착해 영화 해석을 올린 다른 사람들의 글을 읽으면서 역시 한 번에 감독의 의도를 제대로 파악했다며 자랑하고 싶어진다.

일로 피곤한 친구 J에게 술 한잔하자고 유혹한다. 친구가 보고 싶다는 말은 핑계고, 내 영화 지식을 자랑하고 싶었다.

친구 J는 열심히 자랑 중인 나를 멀뚱멀뚱 보더니 이내 짧은 한숨을 내쉬곤 얼른 술잔을 비운다. 얼큰한 조미료 맛의 어묵 국물을 뜨며 눈도 안 쳐다보고 입을 연다.

"역시 대단해, 우리 재주. 난 어려운 영화 보면 이해도 안 되고 재미도 없던데, 그런 걸 다 의미를 찾아낸단 말이야."

"그래도 너니까 날 알아봐주고 인정해주지. 뭐, 그냥 영화도 좋아하고 많이 보고 그러니까 눈치가 좀 빨라지고 숨겨진 뜻 같은 걸 잘 파악하는 게 아닐까?"

너무 재수 없지 않게, 피곤한데 술 같이하면서 내 잘난 척 받아주느라 고맙다는 최대한의 예의를 갖춘 대답이었다. 하지만 녀석의 말에 숨은 뜻을 알아차리지 못했다.

"궁금한 게 있는데, 네가 이렇게 오래 일도 안 하고, 빈둥대고 방에서만 살고, 무기력하게 지내는 것에는 어떤 숨은 의미가 있는 거냐?"

친구 J가 방심한 내 신경세포에 송곳을 찔러 넣었다. 지고 싶지 않았다. 순간 닥터 스트레인지로 빙의하여 아무 말 대잔치를 벌였다.

"사실 내가 최선의 미래를 선택하기 위해 1,400만 605가지 미래를 엿봤는데 지금 이러고 있는 것이 최종 단계야."

J는 술잔을 들다 말고 나를 똥 쳐다보듯이 쳐다본다. 그러거나 말거나 나는 내 대답에 매우 만족했다.

집에 돌아와 문득 아까의 질문이 생각났다. 내 삶의 숨은 뜻.

비록 빈둥대면서 TV를 보고 있지만 사실은 지친 뇌를 쉬게 해주는 것이라고, 담배를 피우고 있지만 그것은 내 삶에 사색이 필요하기 때문이라고, 집 안에만 있지만 사실 이산화탄소 배출을 줄여서 지구 온난화를 필사적으로 막고 있는 것이라고.

문득 이런 생각이 들었다.

'이게 무슨 의미가 있냐. 씨X.'

담배 사러 가는 길.
'어라? 비가 왔었네.'
'어라? 엄청 추워졌네.'
'어라? 눈이 내렸네.'

○욕

이 버려지 같은 놈아!

대체 그동안 뭘 한 거냐?

에라이, '유리 멘탈'. 쫄보 자식아!

네 주위에 친구가 없는 것도, 사랑하는 사람이 없는 것도

누굴 탓하니? 나 네 탓인 것을.

밥을 떠먹여줘도 삼키지 못하는 병신아.

뭔 잘난 게 있다고 자존심은.

쥐뿔 아무것도 아닌 새끼.

내가 나에게 실컷 욕을 한다. 모질게 욕하지만 기분이 나쁘기는커녕 측은해진다.

가슴이 먹먹하다. 스스로에게 욕하는 것은 관심과 사랑이 있어서다. 그건 확실하다.

1년 동안 친구에게 먼저 연락하지 않을 정도로 무심하다. 매년 동생이 몰래 부모님의 생일을 알려줄 만큼 아무것에도 관심이 없는 이기주의자다.

이러니 가끔 열렬히 댓글을 다는 사람들을 볼 때면 대단하다고 생각한다. 자신의 일도 아닌데 이렇게까지 해서 얻는 게 뭘까?

그런데 이제는 좀 알 것 같다. 댓글도 관심이 없으면 안 된다. 욕도 그렇다. 정신 차렸으면 하는 마음에서 나오는 말이다.

"알았냐? 이 XX야?"

°대화 PART 1

이번 생은 틀렸다. 삶의 3분의 1도 안 산 녀석이 하늘에 대고 푸념한다.

"그래, 다음 생은 다를 거야!"

"그 정신을 가지고 달라질 것 같은가?"

"누… 누구세요?"

"하나님."

"아… 안녕하세요."

난 당황하지 않는다. 평소에 기상천외한 상상을 해온지라 신의 목소리가 들리는 것은 오히려 예상 범위다.

"이 정신을 가지고는 다음 생도 똑같다는 말씀인가요?"

"다음 생은 없다. 영원한 천국으로 인도될 뿐이다."

"그것 참 안심되는 말씀이네요. 저 같은 놈도 천국에 갈 수 있나요?"

"물론이다. 지금과 똑같은 환경의 천국 방이 너를 기다리고 있다. 그곳에서도 지금처럼 혼자 행복하게 즐기기를 바란다."

"…"

°대화 PART 2

이번 생은 틀렸다. 삶의 3분의 1도 안 산 녀석이 하늘에 대고 푸념한다.

"그래, 다음 생은 다를 거야!"

"그 정신을 가지고 달라질 것 같은가?"

"누… 누구세요?"

"부처님."

"아, 안녕하세요."

난 당황하지 않는다. 평소에 기상천외한 상상을 해온지라 성인의 목소리가 들리는 것은 오히려 예상 범위다.

"이 정신을 가지고는 다음 생도 똑같다는 말씀인가요?"

"인간이 아닌 것으로 태어날 수도 있다는 것을 알려주러 왔다."

"안심되네요. 저 같은 놈도 다른 뭔가로 태어날 수 있나요?"

"물론이다. 지금과 똑같은 환경의 무언가로 다시 태어날 것이다. 이건 비밀이지만 너의 다음 생은 햄스터다. 그곳에서도 지금처럼 혼자 행복하게 즐기기를 바란다."

"…"

°대화 PART 3

이번 생은 틀렸다. 삶의 3분의 1도 안 산 녀석이 하늘에 대고 푸념한다.

"그래, 다음 생은 다를 거야!"

"…"

"아, 아무도 안 계세요?"

"…"

"아, 죽음 뒤에는 아무것도 없구나."

난 당황하지 않는다. 평소에 기상천외한 상상을 해온지라 죽음 뒤엔 끝없는 무(無)라 하더라도 오히려 예상 범위다.

'…'

갑자기 슬퍼졌다. 난 정말 엄청난 확률로 대한민국이라는 곳에 태어났다. 굉장한 나라는 아닐지라도 내전 때문에 언제 어떻게 죽을지모를 불안 속에 사는 것도 아니고, 기아와 굶주림으로 고통받지도 않으며, 1인 독재가 개개인의 자유를 통제하지도 않는다. 다른 나라 사람이 보기엔 정말 운 좋은 녀석일 수도 있다. 그런데 방에만 갇혀 있다 죽을 때가 돼서야 지나간 시간들을 아까워하고 자신을 책망하며 무(無)로 가야 한다고 생각해보면….

정말 이러고 있는 것이 최선의 선택이란 말인가?

"저 이렇게 계속 살면 안 되는 거죠?"

"…."

"…."

이번 생은 틀렸다. 삶의 3분의 1도 안 산 녀석이 하늘에 대고 푸념한다.

"그래, 다음 생은 다를 거야!"

"그 정신을 가지고 달라질 것 같은가?"

"누… 누구세요?"

"니체."

"아… 안녕하세요. 이 정신을 가지고는 다음 생도 똑같다는 말씀인가요?"

"다음 생이 이번 생이네. 그대의 생은 영원히 돌고 돌 뿐이네."

"그것 참 안심되는 말씀이네요. 죽어도 다시 김재주로 태어날 수 있다는 말씀인가요?"

"물론이네. 지금과 똑같은 환경, 가족, 친구가 기다리고 있네. 아, 지금 갇혀 있는 그대의 방도 똑같이 그대를 기다리고 있네. 그곳에서도 지금처럼 혼자 행복하게 즐기기를 바라네. 참고로 지금 이건 1,400만 605번째 반복하는 대화일세."

"…."

○ 대화 PART 5

이번 생은 틀렸다. 삶의 3분의 1도 안 산 녀석이 하늘에 대고 푸념한다.

"그래, 다음 생은 다를 거야!"

"그 정신을 가지고 달라질 것 같아?"

"누… 누구세요?"

"김재주."

"아… 안녕. 이 정신을 가지고는 다음 생도 똑같다는 말이야?"

"다음 생? 모든 삶은 지금밖에 없어."

"그게 무슨 말이야? 천국이나 윤회나 무나 계속 반복되는 생이 없다는 거야?"

"내가 어떻게 알겠어. 내가 아는 건 자각과 동시에 이 삶을 거부할 수 있다는 거야. 지금부터 다른 미래를 만들어가는 거지. 그러면 사후가 어떻든 상관없어질 거 아냐?"

"아… 그러네…."

3부

140

멀리서 보면
비극,
가까이서 보면
희극?

◦당신은 절대 야동을 이길 수 없다

게임과 더불어 내 소중한 시간과 정력을 빼앗아온 최전방 공격수가 있다. 바로 야동이다.

10대부터 40대까지 한국의 거의 모든 남자가 야동을 본다. 결혼한 내 친구들도 아직까지 본다. 다만 심각하게 보는 사람과 자제하는 사람으로 나뉠 뿐이다.

인터넷을 조금만 할 줄 알면 야동 구하기란 너무나 쉽다. 게다가 엄청난 고화질이기에 용량이 만만치 않다. 이것 때문에 하드 드라이브를 대용량으로 바꾸는 사람도 있다. C드라이브, D드라이브, E드라이브, 이렇게 계속 늘어나다가 급기야 외장 하드도 산다. 남는 USB도 더는 없다.

그러다 어느 순간 문득 깨달음의 순간이 온다.

'정신 차려! 지금 뭐 하는 거야! 글쟁이가 절필을 선언하듯 '절동'을 선언해야겠다!'

경건한 마음으로 컴퓨터 앞에 앉아 소장하고 있던 모든 자료를 모아놓고 포맷 버튼을 클릭한다. 아쉽고, 아쉽고, 또 아쉽지만 눈을 질끈 감고 모든 동영상을 한 번에 정리하고자 한다. 다시는 만나지 못할 가족을 떠나보내는 양 마음이 미어지지만 한편으로는 자신이 대견스럽고 뿌듯하다.

'나는 나를 뛰어넘었다. 장하다!'

그렇지만 우리는 알고 있다. 텅 빈 드라이브가 다시 차오르기까지는 그리 오랜 시간이 걸리지 않는다는 것을.

야동이 무서운 이유가 뭔지 아는가? 극복하기가 너무나 어렵다는 것이다. 아무리 열심히 찾고 보이는 대로 다운을 받아도 하루에 출시되는 영상의 양을 따라잡을 수 없다. 그러니 금방 쌓인다. 나도 그렇게 받고 지우기를 수십 번은 되풀이했던 것 같다.

물론 야동을 다운만 받는 것은 아니다. 하나씩 하나씩 일일이 다 본다. 이것이 두 번째로 무서운 점이다.

재주의 논리를 들어보라. A를 시간 들여서 내려받았다. B를 받으면서 A를 본다. 그러는 동안 B가 다 다운로드됐다. C와 D는 반 이상 다운로드됐다. B를 다 보고 나니 2분 뒤면 C를 볼 수 있다. 그럼 기다려야지. C를 보는데 4분 뒤면 D도 볼 수 있다. 그럼 또 기다려야지. 이것이 바로 '야동의 뫼비우스의 띠'다.

나는 한 번에 전부를 지우고 나서 관련 사이트에 아예 접속하지 않았다. 눈에서 잊히니 확실히 마음에서 잊히더라. 의지를 가지고 칼 같이 자르겠다는 다짐을 끊임없이 하길 바란다.

역시 스스로의 힘만으로 좀 힘들 수 있으니 타의적으로 내가 좀 도와주겠다.

이 글을 보시는 여성들. 어머니, 아내, 여자 친구, 누나, 여동생. 지금 당장 컴퓨터를 켜고 하드 드라이브의 남은 용량을 확인해보길 바란다. 게임도 별로 없고, 영화도 한두 편밖에 없는데 드라이브가 빨간색으로 표시되며 사용 공간이 얼마 남지 않았다고 나온다면 그를 용의 선상에 올려놓아도 좋다.

창피를 주지 않는 선에서 삭제하라고 조용히 권해라. "조만간 컴퓨터 좀 쓸게" 정도가 괜찮을 것이다. 특히 자녀가 학생일 경우에는 개인 방이 아닌 거실에 컴퓨터를 놓는 것이 많은 도움이 된다.

°배다른 형제들

이곳도 편하게 느껴지는 것을 보니 방은 방이다. 오늘도 여러 형제들이 보인다.

오름과 내림 그래프만 보며 10분에 한 번꼴로 담배를 피우는 나이 많은 형제. 라면을 삼키며 멍하니 전날 방영한 드라마를 시청 중인 형제. 커다란 헤드셋을 끼고 자신이 지금 얼마나 큰 소리로 떠드는지 모르는 방언 터진 형제.

"야, 아, 너 때문에 졌잖아. 너 뭐 하냐. 야야, 하지 마. 하지 마. 도움이 안 돼."

서로가 서로에게 상처를 주는 말을 끊임없이 해댄다. 중간중간 찰진 욕설과 함께 말이다.

화장실을 향하면서 게임에 졌다는 분노에 차 친구 뒤통수를 후려친다.

난 묻고 싶다.

'니들 친구 맞니?'

'그걸 우정이라고 쌓고 있냐?'

서로를 탓하며 화내기 바쁜 교복 입은 어린 형제들.

작은 부스 안에서 담배 구름을 생성하며, 다음 전략을 곰곰이 생각하는 제갈공명 형제.

모두들 한심하지만, 마냥 한심하게만 볼 수는 없는 내 형제. 아니 정확히 말하자면 내 배다른 형제들. 앞으로 내 길을 걸을 미래의 '좌절 나무'들과 이미 나와 같은 길에 서 있는 이들, 그리고 그것을 극복하지 못한 듯 보이는 어른들이 보인다.

여기는 PC방이다.

◦ 백수의 피서지

폭염이다. 매년 올해가 최고로 덥다지만, 이번 여름은 진짜 너무 덥다. 하루 종일 좁은 방 안에서 게임을 하자니 컴퓨터 열기로 불가마 사우나가 됐다. 같이 게임하는 친구들에게 채팅으로 더워 죽겠다고 호소해본다.

"에어컨 하나 들여놓으세요. 요즘 얼마 안 해요."

"어, 그럴까? 그래야겠지. 이렇게는 못 살겠다. 하하."

이렇게 말하지만, 에어컨을 설치할 수는 없다. 이미 내 방 온도는 광저우를 지나 태국을 향하고 있다. 그래도 에어컨을 설치할 수는 없다. 아무리 사회생활 안 하는 백수, 폐인, 히키코모리지만 눈치와 염치는 있단 말이다.

그 순간 어머니가 방문을 여시곤 놀라서 소리치신다.

"야, 이게 방이냐? 한증막이냐? 아니 대체 네 방은 왜 이렇게 더운 거야?"

어머니의 시선이 모니터를 향했다, 컴퓨터 본체를 향했다, 이어서 번갈아 쳐다보기 시작한다.

'위험하다. 이 위기를 빠져나가야 한다.'

"잠깐 뭐 좀 할 게 있었어요. 이제 끝 거야."

묻지도 않은 대답을 혼자 웅얼거린 뒤 어딘가 남아 있던 돈을 찾아 급하게 바지 속으로 구겨 넣고, PC방으로 도피해 만 원짜리 열세 시간 정액제를 조용히 끊는다.

° 쌍벽의 만남

밖으로 나가기 귀찮다. 이곳에 있을 때 비로소 안정감을 느낀다. 모니터 앞 의자와 침대가 나에게 가장 편안한 장소다. 어느 순간 깨달았는데, 별다른 사회 활동을 하지 않아도 굶어죽지 않는다. 밖에서 나를 바라보는 시선은 이미 지워진 지 오래다. 이제 불편함 따위 느끼지 못한다.

'소외감?'

에라, 모르겠다. 하고 싶은 대로 할 수 있는데 골치 아픈 생각은 일단 접자. 혹시 그대도 지금 나와 비슷한 생각인가? 그렇다면 그대도 이미 거대한 벽 하나를 가지고 있는지도 모르겠다.

예전에 소개팅으로 한 여성분을 만났다. 아니, 불혹을 향하는 내 나이를 고려하면 선이라고 정정해야 할 것 같다. 그녀는 자신에 대해 이렇게 소개했다.

"공부방에서 영어를 가르쳐요. 오후 한 시에 출근해서 오후 열한 시에 퇴근해요. 그러고는 새벽 두 시까지 영화를 봐요. 그래야지 하루를 제대로 보낸 것 같거든요. 일주일에 하루도 안 쉬고 일해요. 일부러 일정을 그렇게 짰어요. 혼자 집에만 있으면 할 것도 없고, 잡생각만 들어요. 매일매일 아이들을 만나야 마음이 편안하고 살아 있는 것 같아요."

'또 다른 부류의 히키코모리다!'

진짜는 진짜를 알아보는 법. 그녀가 얼마나 단절된 생활을 하고 있는지 엿볼 수 있었다. 나와 같다.

벽을 쌓고, 자신이 상처받지 않을 말만 한다. 그런 벽을 쌍으로 붙여놨으니 대화가 될 리 만무하다.

그 뒤 우리가 어떻게 됐느냐고?

우리는 그렇게 각자의 벽 뒤로 돌아갔다.

○ 미니 추리소설: 밀실 은둔 사건

"범인은 이 방 안에 있어요."

어느새 전형적인 탐정 드라마에서나 어울릴 법한 배경 음악이 흘러나와 귀를 자극한다. 긴장감은 더욱더 고조되어간다.

세계적인 은둔형 명탐정 모리 히키코는 말을 잇는다.

"범인은 나태해졌어요. 증거를 지우지 못한 것이 큰 실수였죠. 모니터 앞 책상 위의 말라버린 김치 국물 자국과 침대보에 군데군데 문신처럼 새겨진 라면 국물 자국이 이를 뒷받침하죠. 게임을 로그인해보니 캐릭터는 이미 '만렙'이 된 지 오래였어요. 엄청난 시간을 들였겠죠. 컴퓨터 안에 숨겨진 폴더에는 엄청난 양의 동영상이 들어 있었어요. 아마 평소에 기력이 쇠했던 것은 이것들 때문이었겠죠. 눈에 띄는 것은 향수였어요. 방 안의 향수가 제 궁금증을 증폭시켰죠. 제조일자가 10년 전이었어요. 남은 양은 반 정도. 미루어 짐작컨대 외출을 자주 하는 사람은 아니라는 뜻일 거예요.

그뿐만 아니라 최근 한 달간이라곤 상상할 수 없을 만큼의 적은 통화 기록과 문자 내역. 주변에 연락할 친구나 연인이 없다는 것을 여실히 드러내죠. 더욱 놀라운 것은 데이터 사용량이었어요. 스마트폰은 그에게 아마도 시계였을 겁니다. 또한 SNS 따위 하지 않았습니다.

여기까지 봤을 때 외부와 철저히 단절된 삶을 살아왔다는 것을 아실 수 있었을 겁니다. 여러분들도 보시다시피 침대 옆 벽지를 통해 알 수 있는 건 평소에 자주 씻지 않았다는 것입니다. 아마 오랜만에 외출할 때에나 귀찮음에 투덜거리면서 씻었겠지요. 물론 이건 제 개인적인 소견입니다.

아무튼 그가 등지고 있던 벽지에 사람의 어깨 목 머리의 형태가 고스란히 그려질 만큼 머릿기름과 땀 자국이 선명하네요. 더럽습니다. 오랫동안 같은 자세를 취하면서 TV를 시청해왔을 겁니다. 범인은, 한심한 사람이었을 거예요.

자, 이제 아시겠나요?

이 모든 것을 종합해 볼 때 범인 이 사람일 수밖에 없다고 결론을 내렸습니다."

히키코는 손가락을 나를 향해 가리키며 확신에 찬 목소리로 모두가 들을 수 있도록 외쳤다.

"범인은, 바로 이 방 주인인 김재주. 당신입니다."

명탐정 모리 히키코의 추리가 끝나자 나는 반론을 할 수 없었다. 뚱뚱한 몸을 이끌며 온 동료 반장은 내 어깨를 토닥이며 나지막이 말했다.

"자, 이제 가지…."

그는 내 손목을 잡고 눈부시게 환한 바깥 세계로 나를 인도했다. 고개를 돌려 마지막으로 나의 방 안을 바라보았다. 범죄의 사실을 여실이 드러내는 방이라고 하지만, 보통의 방 모습 그 이상 이하도 아니었다. 탐정과 반장을 포함해, 당신의 방과 그리 다르지 않은 너무나 평범한 밀실이 아닐까 생각했다. 그 생각도 잠시, 정들었던 방의 모습은 점점 멀어져갔다.

신발

친구 J가 놀러 왔다.

"오, 신발 새로 산 거냐?"

"아니, 이 년 전에 산 건데. 나 신발 그거 하나야."

"근데 왜 이렇게 새 신발 같지? 아, 아니다."

눈치 빠른 새끼.

내게 너무 무거웠던 그녀

설날.

할머니께서 살짝 방에 들어오셔서 손에 뭔가를 쥐여주신다. 할머니 주름만큼이나 구겨진 신사임당이다.

할머니는 섬에 홀로 사시면서 ㄱ자로 굽은 몸을 이끌고 굴 4킬로그램을 캐서서 6만 원에 파셨다. 오른손이 쑤셔 굴 캐는 일을 못 하시게 되자 마을 회관 청소를 하신다. 한 달에 20만 원을 받으시는데, 1년에 열 달밖에 못 한다고, 두 달 쉰다고 아쉬워하신다. 그런 할머니께서 5만 원을 내게 쥐여주셨다.

'이 돈의 무게를 잊지 말자!'

이렇게 살아선 안 되겠다고 다짐했다. 내년 설날에는 내가 할머니께 돈을 드리자 다짐했다.

나의 손에는 여전히 할머니의 주름만큼이나 구겨진 그녀(신사임당)가 들려 있었고 내겐 너무 무거웠다.

~~~~~~

▨ 추신

이날 다이어리에 적어놓은 것을 그대로 옮겨봤다. 이런 작고 소소한 에피소드들이 모여 방 탈출을 할 수 있는 힘이 돼줬다.

내가 그랬듯 무엇을 보고 듣고 쓰든 끊임없이 생각하고 찾길 바란다. 방에서 나가야 할 많은 이유를.

° 문화서로 77길

　10년간의 은둔 생활을 깨고, 당장 실천할 수 있었던 일은 집 근처 도서관에 자주 가는 것이었다. '책을 읽고 새롭게 거듭나야겠다' 같은 마음이 있었던 것은 아니다. 갈 데도 없고, 불러주는 이도 없고, 방에만 있자니 방을 탈출하고자 하는 결심이 약해져서였다.

　확인해보니 지금까지 288권을 빌렸다고 나왔다. 실질적으로 '잘 읽었다'고 여겨지는 책은 열 권도 안 된다. 그냥 왔다 갔다 산책이자 운동이다. 처음에는 소위 베스트셀러나 빌리기 힘든 책을 빌리는 것으로도 그냥 뿌듯했다.

　도서관을 갈 때마다 꼭 지나는 길이 있다. 바로 문화서로 77길. 이 길은 언제나 지저분하다. 왠지 내 마음을 대변해주는 것 같다.

　인도는 사람 한 명 갈 수 있는 폭인데, 그나마 중간중간에 쓰레기봉투들이 올라와 있어 제대로 걸을 수 없다. 바로 옆은 좁은 차로인데, 겨우 차 한 대가 지나갈 만큼의 공간을 비워두고 인도 쪽으로 빽빽이 주차돼 있다.

딱 100미터 정도 되는 이 거리에 바로 옆 거리와 별개의 세계인 양 유독 온갖 쓰레기가 널브러져 있다. 늘 버릴 것은 버리고 남길 것은 남겨야 하는데 그러지 못하는 내 마음속처럼 어질러져 있다. 그래서인가 다른 길로 가도 되는데 굳이 이 길로 가게 된다. 언젠가 이 작은 도로가 깨끗하게 치워지는 날에는 내 마음도 깨끗해질까 하는 마음에서인지도 모르겠다.

그 길을 돌면 바로 석바위소공원이 보인다. 소공원 입구에 들어서면 어린아이들이 세상 기쁜 표정들로 맘껏 뛰어놀고 있다. 아이들이 즐거워하는 모습을 보면 나도 잠시나마 지저분한 거리 같은 마음을 잊고 개구쟁이 시절을 떠올리게 된다.

그곳에서 다시 스무 걸음쯤 걸으면 어르신들의 놀이터인 게이트볼 경기장이다. '여긴 우리만의 리그야'라는 듯 사방으로 철창이 높이 세워져 있고, 그 너머로 꽤 좋아 보이는 잔디와 시설물이 보인다. 멋쟁이 할아버지, 할머니가 삼삼오오 모여서 무엇이 그렇게 좋으신지 공 하나에 까르르거리신다. 게이트볼 규칙은 모르지만, 그분들이 즐거워하니 나도 덩달아 웃음이 지어진다.

내 미래도 저럴까? 잠시 생각하다 보면 도서관이 나온다.

매번 같은 모습이지만, 재미있는 길이다. 현재, 과거, 미래를 잠시 생각하게 해준다. 돌아오는 길의 끝은 다시 좁고 지저분한 도로다. 이 길도 언젠가는 청소가 되겠지.

◦ 혼연일체

마치 갓 사랑에 빠진 애인처럼 그의 몸을 어루만지는 것이 좋다. 어느 때는 24시간, 밥도 안 먹고 살갗을 맞댄 채 있지만, 나는 더욱더 애교를 부리며 그의 품속에서 놀고 싶다. 따뜻하다. 그의 곁을 빠져나올 수가 없다.

발끝부터 목까지 감싸는 포근함은 어느새 〈양들의 침묵〉의 죄수복으로 변해 나를 포박한다.

'넌 이미 내 거. 내게 붙잡힌 넌 꼼짝도 못 하고 순종해야 돼.'

나지막이 속삭이는 것 같다.

'그렇게 협박 안 해도 이미 나는 너와 한 몸이야. 나갈 생각 따위 없어.'

그도 내 생각에 흡족했는지 내 기분을 더욱더 편안하게 해준다. 그와 같이 TV를 보고, 그와 같이 영화를 보고, 그와 같이 책을 읽는다. 그렇게 하루 종일 한 몸이 돼 붙어 있다. 피곤함에 잠이 든다. 나는 꿈에서조차 그를 만난 것일까?

진한 키스를 나눈다.

얼마나 흘렀을까? 엄마 목소리가 들려온다.

"안 일어나니?"

잠귀 밝은 나는 단박에 일어나 졸린 눈을 비빈다. 그와의 키스가 얼마나 정열적이었는지 턱 사이로 침 한 바가지가 흘러 있었다.

'으악!'

나는 서둘러 침대를 닦는다.

▨ 추신

너무 사랑에 빠지지 마라. 어떤 그들에게서는 발암물질인 라돈이 검출되기도 했다.

° 모임의 목적

'정신 차리자, 정신 차려!'

정신을 차려보니 모르는 사람들과 술을 마시며 대화하고 있다. 서로 자기처럼 못난 사람은 없다며 누가 더 못났는지 재고 있다. 나도 그 전쟁에 뛰어든다.

어느덧 상황은 거칠어지고, 누가 못났는지 싸우다 정말 감정 싸움이 돼버렸다. 기분이 더럽다. 이딴 모임, 안 나가고 만다. 대체 여긴 뭐 하러 나온 거야? 술에 취해 비틀비틀. 난 가만히 서 있는데, 침대가 나를 향해 넘어진다. 깨질 것 같은 두통이 머리를 쑤셔댄다.

'아, 맞다. 대체 어제 거긴 뭐 하러 나갔던 거지?'

어제 문자를 본다.

'은둔자들끼리 새로운 친구를 만들어보자. PM7 술집 앞.'

° 왕따

친구들이 저녁 일곱 시에 대학로에서 만나 술을 먹자고 한다. 인천 밖으로 안 나가는 나에게 서울 구경을 시켜준다고 한다.

"대학로가 어디야?"

"성균관대 근처야."

"거기 역이 있어?"

"어."

난 시간 맞춰 성균관대역으로 향했고, 친구들은 혜화역으로 향했다. 성균관대역에 도착한 나는 지나가는 사람들에게 대학로가 어디인지 물었다. 사람들은 황당하다는 듯 나를 쳐다봤다. 그리고 알았다. 수원에는 대학로가 없다는 것을.

나는 왕따당한 걸까? 왕따시킨 걸까?

° 공인 인증서

양말과 속옷이 다 해져서 인터넷 쇼핑을 한다. 오랜만에 접속하는 탓에 간신히 생각해낸 쇼핑 사이트 아이디와 비밀번호. 마음에 드는 것들을 장바구니에 담는다.

지저분한 책상 서랍에서 뭔가를 열심히 찾는다. 찾았다. USB.

결제를 누른다.

'그렇구나! 또 1년이 지나갔구나.'

이날, 나는 10분간 쇼핑하고, 10분간 USB를 찾고, 40분간 공인 인증서를 다시 만들어야 했다.

° 트렌드세터

요즘은 '가상'이 유행이다.

가상현실, 가상 화폐, 가상 계좌.

생각해보면 나는 유행에 민감하고, 미래를 잘 예측하는 것 같다.

그래서 누군가에겐 보이지 않고 머릿속에만 존재하는 나는 진작 가상 인물이 됐다.

언제부터인지 미세 먼지가 우리나라에서 큰 이슈가 돼버렸다.
'여기에만 있는 나는 안전한 건가? 그렇겠지?'
그렇게 하나둘씩 둔감해진다.

° 절대 권력자

"삼촌, 담배 피우지 마!"

한마디에 담배를 끊었다.

"삼촌, 방에서 냄새나!"

한마디에 정리, 청소, 도배까지 했다.

"삼촌, 게임하지 마!"

한마디에 게임도 멈추고 〈바다 탐험대 옥토넛〉을 틀어준다.

하나뿐인 조카는 올해로 일곱 살이다.

"삼촌도 얼른 결혼해서 하윤이 같은 예쁜 여자아이 생겼으면 좋겠다."

내 말에 또 다른 명령을 내린다. 내 사랑을 독차지하고 싶은 모양이다.

"우리 아빠처럼 나랑 엄마랑 밖에 나가서 놀지도 않고, 맛있는 것도 같이 먹으러 안 다니고, 동물원도, 키즈 카페도 같이 안 가주니까 아기 생겨도 집에만 있을 거잖아! 삼촌, 결혼하지 마!"

결혼만은 해야 하는데, 반박할 말이 생각나지 않았다.

° 재주의 반주

창피해지면 금방 얼굴이 화끈거린다. 뺨을 백 대는 맞은 것마냥 얼굴이 빨개진다. 처음부터 그렇게 태어났다. 그래서 거짓말 해도 금방 들통난다.

게다가 방에 있는 시간이 길어질수록 낯가림이 심해져, 민망한 상황이 연출되거나 누군가 예상치 못한 말을 꺼내 당황시키거나 과도하게 이목이 쏠리면 얼굴이 새빨간 딸기같이 된다.

그런데 얼마 전, 새롭게 알게 된 사실이 있다. 혼자서 밥을 먹다 최근 들어 가족과 식사하게 됐는데, TV에서 성 관련 뉴스가 나오거나 드라마나 영화에서 야릇한 장면이 나오면 밥 먹는 도중에도 얼굴이 붉어진다는 것이다.

'내 나이가 몇인데.'

아직도 사춘기 청소년마냥 가족들 앞에서 이런단 말인가!

지은 죄도 없는데 얼굴이 붉어지면 분위기가 이상해질 것이다. 불필요한 오해를 없애고자 생각해낸 해결책이 가족들과 식사할 때는 늘 반주를 마시는 것이다. 천재적인 발상이다.

아버지는 아들과 술을 마셔 좋아하시고, 나는 민망한 상황을 만들지 않아도 되니 좋다. 취기가 올라와서 얼굴이 붉어진 줄 알 테니까.

이유야 어찌 됐든 그렇게 시작된 반주는 삐걱거리던 아버지와 나의 관계를 풀어준 고마운 존재다.

오늘도 아버지와 반주를 해야겠다.

° 연습

'밖으로 나갔을 때 사람들이 말을 걸면 어쩌지?'

'어떻게 대화해야 하지?'

'어떤 옷을 입어야 눈에 띄지 않고, 어떻게 행동해야 자연스러워 보일까?'

사람들과 이야기할 거리를 미리 공부하고 상상해봤다.

'그런데 이런 거 연습하는 사람이 있나?'

〈오버워치〉 같은 총 쏘는 게임을 하는 사람들은 '에임 연습'을 한다. 타깃을 빠르고 정확하게 마우스로 쫓아서 클릭하는 연습이다.

게임을 안 하는 사람은 대체 이런 연습이 왜 필요하냐고 반문할지 모르겠지만, 게임하는 사람은 이것이 기본이다. 같은 편에 대한 예의이자 실력 향상을 위한 투자다.

사람들과 이야기할 거리를 미리 공부하고 상상해보는 것도 마찬가지다. 이 불필요해 보이는 행위가 기본 예의이자, 사람들을 자연스럽게 대하기 위한 투자라고 생각했다.

제일 처음 했던 연습이 기억난다. 볼펜을 입에 물고 있으면 미소를 자연스럽게 지을 수 있다고 해서 광대가 부들부들 떨릴 때까지 연습했다. 화장실 거울을 보면서 자연스럽게 웃으며 인사하는 연습도 했다. 스마트폰 녹음 기능을 활용해 책을 읽어가며 목소리 톤과 발음을 체크했다. 혹시라도 대화 도중에 썰렁함이 찾아올까 방지하기 위해 재미있는 이야기도 준비하고, 개인기 연습도 했다. 지금 생각해보면 전부 준비할 필요는 없었지만, 그 당시의 마음가짐은 장난기 없이 진지했다.

뿐만 아니라 혹시 모를 오해를 없애고자 말하기 전에 두세 번 생각하는 습관을 들였다.

심리학 책을 읽었고, 대인 관계 맺는 법이나 소통 잘하는 법에 대한 책, 유머 책을 보고, 요즘 음악을 듣고, 최근 이슈가 뭔지 살피고, 외모 단장도 소홀히 하지 않았다.

헛웃음이 났다. 게임에서 하던 행동을 현실에서도 하고 있다니. 그렇지만 이렇게 살아온 걸 어쩌겠는가.

혹시 모르지. 이런 연습들이 빛을 발할 날이 올지도.

˚혼자가 편하다

　지방으로 이사를 가서 1년에 한 번 볼까 말까 한 친구가 있다. 인천에 오면 늘 몇 시간 동안 나를 만나주는 착한 친구다.

　그에게는 아내와 딸이 있다. 1년 내내 아버지와 남편으로 살다 나를 만나면 그제야 아직은 '개저씨'가 되기 싫은 한 남자로 변신한다.

　술을 마시면 취중 진담인지, 솔로인 내가 너무 부럽다면서 결혼은 되도록 늦게 하라고 조언한다. 나는 술김에 "이래서 내가 결혼을 늦게 하는 거야"라고 허세 한번 거나하게 부려본다.

　친구는 계속해서 부럽다고 맞장구 쳐준다. 자기도 이렇게 혼자 인천에 올라오니 너무 편하고 즐겁다고 한다.

　나도 모르게 "뻥치시네. 이 새끼"라며 조금 격하게 말했다.

　동공이 흔들리던 친구는 허겁지겁 내 잔에 술을 채우곤 "짜샤! 마셔"라며 화제를 돌린다.

　'뭐야, 나를 동정한 건가?'

　내 친구들은 나를 대하는 요령이 좋고 눈치가 빠르다.

조카의 가르침

일곱 살 조카가 내 서랍을 뒤져 백 원 동전들을 찾는다. 아마도 내일 뽑기에 넣을 동전을 구하는 모양이다. 나는 장난기가 발동해 주먹을 꽉 진 양손을 앞으로 내밀고 조카에게 말했다.

"삼촌 손에 동전 있는데 어느 손에 있는지 맞추면 줄게."

조카는 오른손을 골랐다.

"땡! 땡입니다."

양손을 뒤로 섞는 척하며 다시 내밀었다.

"어느 손에 있을까요?"

조카는 왼손을 택했다.

"땡, 땡입니다."

뭔가 이상하다고 생각한 조카가 화나서 말했다. "사실은 동전 없지? 없잖아."

나는 유치하고 얄미운 표정을 지으며 "있는데, 있는데?" 하고 놀렸다.

"거짓말 마. 사실은 없으면서 있는 척하는 거잖아. 다 알아."

"내가 왜 있는 척하냐? 바보야?"

조카도 물러서지 않았다. "없으니까 있는 척하는 거겠지, 이 바보야."

'처… 천잰데?!'

그렇게 늘 있어 보이려고 했던 이유를 요 꼬맹이가 알려줬다.

°간지 나는 아침

어느 순간, 방이 빛으로 물들었다. 새들의 지저귐과 따사로운 아침 햇살을 맞으며 길게 기지개를 켠다. 어제의 피로 따위는 없었던 것처럼 상쾌한 미소가 절로 지어진다. 오늘도 좋은 하루가 될 것 같은 기분이 든다.

어둠으로 가득한 방구석에서 코를 찌르는 찌든 담배 냄새가 제일 먼저 나를 맞아준다. 냄새에 헛기침을 두어 번 한다. 수차례를 이불 속에서 콜록거린 뒤에야 비로소 눈이 뜨인다.

다시 기지개를 켜다 오른쪽 어깻죽지에 담이 왔다.

"앗! 뭐야!"

놀라서 팔을 휘적거렸다. 어제 야식으로 먹다 남긴 라면 국물이 담긴 냄비를 쳐서 엎어뜨리고 만다.

우당탕탕.

그러나 나는 대인배다. 시크하게 눈길 한 번 보내고 대수롭지 않게 휴지 몇 장을 쏟아진 국물에 올려놓고 시야에서 가린다. 그리고는 첫 담배를 입에 문다.

그윽한 눈동자로 멍 때리다 보면 어느새 담뱃재가 창문

틀에 떨어진다. 움직이는 방향대로 목에서 우둑 소리가 들린다. 늘 한결 같은 내 삶이 어쩌면 일관성 있어서 멋져 보일 수도 있다고 생각된다.

아니면 말고.

○ 운동

친구 J가 폭식하는 나를 보며 조심스레 입을 연다.

"재주야, 너 〈진격의 거인〉 봤냐?"

"당연하지. 꽤 쇼킹해서 우리나라에서도 인기 있었잖아. 그런데 그건 왜?"

"너 거기 나오는 거인 몸매 같아서…. 운동은 안 하냐?"

"하지. 오늘도 축구, 농구, 야구 몇 판씩 하고 왔는걸."

말의 의미를 눈치챈 친구 J가 한심한 듯 말을 이어갔다.

"그래서 그런가. 눈알이랑 손가락 살은 좀 빠진 것 같다."

'점점 말발이 좋아진다, 이 녀석.'

° 헛된 희망

　어느 날, 삶의 진리를 아는 신비한 존재가 나타나 성공할 수 있는 비밀을 알려주진 않을까?

　이 비참한 모습을 가엾게 여긴 신께서 로또에 당첨되게 하시진 않을까?

　어쩌다 외출했는데 기막힌 인연을 만나 사랑에 빠지진 않을까?

　아, 그래. 지금의 삶은 거짓 삶이다. 이건 꿈인 거지.

　나는 언제든지 내가 원하기만 하면 잠에서 깨어나 가장 정상적일 때의 과거로 돌아갈 수 있지 않을까?

　이런 삶을 살려고 태어나진 않았을 거야. 조만간 남들에게는 없는 초능력 같은 것이 생기진 않을까?

　지금 생을 마감하면 새로운 인생이 시작되지 않을까?

　간절히 원하면 이루어진다던데 이제 곧 이루어지지 않을까?

　하지만 잔인하게도 여기는 현실이다. 말도 안 되는 상상은 말 그대로 절대 이루어지지 않는다.

　답답한 마음에 하늘을 올려다본다. 구름 모양이 참 특이하고 낯설다.

어떻게 하면 구름이 저런 모양이 되는 거지?

하늘이 나를 보며 콧방귀를 뀌면 저런 모양이 되는 걸까?

희망은 결국 헛된 결말을 맺는다는 사실을 이제 그만 받아들여야 하지 않을까? 이젠 깨어나야 하지 않을까?

슬프지만 그래야 하지 않을까?

내게는 없었던 것들의 목록.
희망, 용기, 여친, 친구, 도움, 멘토, 자신감, 자존감.
그리고 나오고자 하는 절박함.

방 탈출 게임

끼릭끼릭.

어둠 사이로 뭔가가 나오기 시작한다. 끼릭끼릭.

눈이 붉은 피에로처럼 생긴 얼굴. 수사자의 갈기 같은 검은색 머리를 헝클어뜨린 인형의 툭 튀어나온 양쪽 광대뼈에는 검은색 소용돌이가 그려져 있다.

이 작은 장난감 인형이 세발자전거를 타고 끼릭끼릭 듣기 싫은 소리를 내며 내게 점점 다가온다. 이윽고 내 앞에···.

'멈췄다.'

어디선가 본 적이 있다고 생각하는 찰나 "끼햐하하하하하하하" 소름 끼치는 기계음 웃음소리가 났다.

'깜짝이야. 이 인형을 어디서 봤지?'

기억났다. 영화 〈쏘우〉였다.

어디선가 그 유명한 대사가 들려온다.

"이제부터 게임을 시작하겠다."

'헉!'

지금부터 일어날 무시무시한 일들의 서막을 알리는 말. 나는 너무 무섭다. 이제 어떻게 되는 걸까? 두렵다. 두렵다. 두려….

'잉?'

아무 일도 일어나지 않는다. 기다리고 기다려도 별다른 일이 일어나지 않는다. 일주일이 지나고 한 달이 지나고 반년, 1년, 5년. 그냥 그렇게 시간만 흐른다.

'언제까지 기다려야 하는 거지?'

마치 영화 〈올드보이〉의 주인공 오대수가 어딘지도 모르는 곳으로 끌려가 아주 오랜 기간 동안 기약 없이 만두만 먹게 되리라는 것을 몰랐던 것처럼, 나는 갇혀서 마냥 기다리기만 한다.

10년이 됐다. 10년이라는 시간이 흘렀다. 그리고 알게 됐다.

게임을 알리는 그 무시무시한 말과 동시에 이미 게임이 진행되고 있었음을….

내 방이라는 장소에서 말이다.

그 시절의 나는 이 사실을 알지 못했다.

°타임머신

내 친구 J는 툭하면 향수에 젖어서 "내가 옛날에는 말이야"라며 과거를 미화한다. 이 친구와 함께 술만 마시면 늘 과거로 향하는 타임머신을 타게 된다. 내가 살고 있는 것은 오늘이고, 지금 이 순간인데 말이다. 친구에게는 내일이 오늘보다 더 나은 날이 되리란 확신이 없는 것 같다.

반대로 나는 과거의 안 좋은 기억들로부터 해방되고 싶어 한다. 과거로 돌아갈 때마다 우울해하며 자책한다. 친구에게 나는 장밋빛 미래만 꿈꾸는 철부지다.

그래서 우리는 늘 싸운다.

"이보게 친구, 나라고 왜 '리즈 시절'이 없겠는가. 다만 필시 그때보다 더 좋은 리즈 시절이 오리라 믿네."

술이 얼큰하게 오르면 사극 말투로 변한다. 할 일 없는 한량이 술을 마시는 선비로 보이고 싶나 보다.

"아, 놀고 있네. 알았어. 술 마셔."

오늘만은 친구 J가 고집을 꺾고 내 편을 들어준다. 불확실한 내 생활을 가엾게 생각했는지 술값까지 계산한다(그는 좋은 친구다).

이런 생활은 힘들다. 나는 좋아서 이 친구와 술을 마시는 것이 아니다. 할 수 있는 일이 이런 것밖에 없다. 내가 할 수 있는 것이 이런 것뿐이라면 현재를 충실하게 살려는 마음가짐을 가지는 것이 당연하지 않겠는가. 매일매일 어제 저지른 실수나 내일을 걱정하며 일상의 중심을 흩뜨릴 수도 없다.

10년간 해보니 비로소 알 것 같다. 과거를 자책하고 미래를 불안해하면서 보낸 이 거지 같은 시간들이 오늘을 사는 나를 얼마나 괴롭혔는지, 얼마나 의미 없고 부질없는 일이었는지 말이다.

지금 당장 내 인생 최고의 날을 만들 수는 없다. 하지만 뭔가를 하려고 하면 못 할 것 또한 없다.

나는 오늘도 여전 방에 있지만, 이제는 의미 없이 시간을 낭비하지 않는다.

▨ 추신
친구 J와 헤어진 뒤, 비오는 날 방 안에서 책의 한 부분이 될지도 모르는 이야기를 쓰면서.

° 창피함

이 글을 쓰기 시작하면서 한 가지 고민이 늘 따라다녔다. 바로 내가 지난 10년간 이렇게 살아왔다는 것을 10년 전에 나를 알았던 사람들에게 알려지는 것. 두렵기도 하고, 창피하기도 하다.

사실 내 어두웠던 생활은 스위스 은행의 검은 돈처럼 절대 비밀이었다. 치욕적이라고 생각했기 때문이다. 누군가에게는 사랑받는 사람, 좋은 추억으로 기억된 사람일지도 몰랐기 때문이다.

나를 알던 사람들의 기억과 추억 속에서 재주라는 사람이 조금이나마 좋은 모습으로 살아가기를 바랐다. 그러려고 지난 10년간 연락을 피하고, 전화번호도 바꾸고, SNS 활동도 안 했는데. 심지어 인터넷 뉴스나 인터넷 카페, 블로그 같은 곳에 댓글도 안 남겼는데. 지인 결혼식을 제외하면 사진도 안 찍었던 것 같다. 그렇게 철저히 자신을 지웠다.

하지만 내 인생 최악의 흑역사가 된다 하더라도 밝히고자 결심했고, 지금부터 내 금고를 열어 그 안에 든 것들을 하나둘씩

공개할 것이다.

나와 비슷한 인생을 걸고 있을 분들 중 가고자 하는 방향이, 이 글로 인해 희망이라는 곳으로 살짝이라도 수정된다면 너무 행복할 것 같기 때문이다. 아직 얻지 못한 그 행복감에 대한 기대가 더 크기 때문에 용기를 낸 것이다.

'웃기고 앉아 있네. 몇 권 읽히지 않을지도 모르는데 너무 건방진 거 아냐!'

이런 분도 있을 것이다. 뭐 상관없다. 분명 읽게 될 분들은 어떤 루트를 통해서라도 이어질 것이란 믿음이 내게는 있다.

이번 이야기는 어쩌면 나를 위한 이야기다.

이 자리를 빌려 그동안 번호도 바꾸고, 연락을 끊고, 잠적했던 것을 사과드립니다. 혹시라도 상처를 입으셨거나 실망하신 분이 계신다면 이 못난 사람을 넓은 마음으로 용서해주시길 바랍니다. 아직까지 100퍼센트 사회에 적응한 것은 아니지만, 연락을 주시면 최대한 용기를 내서 답변하고 인연을 다시 쌓을 수 있게 노력하겠습니다.

사실 저도 엄청 그립고 보고 싶었습니다.

° 16,540분을 보고 배운 것

세계적으로 아주 유명한 애니메이션이 있다. 제목은 〈원피스〉. 주인공은 루피라는 해적이다.

루피는 주인공이라 하기에 다소 덜떨어졌다. 순진하고 착하다. 그래서 적의 거짓말에 곧잘 속는다. 뿐만 아니라 오지랖이 넓어 자기 능력 밖 일까지 신경 쓴다. 의협심도 강하다. 해적인데 말이다.

수많은 적을 만나게 되는데, 적들에 비해 그리 강하지도 않다. 적들은 얼음, 불, 번개 등 화려한 기술을 가진 반면 루피는 고무고무 열매를 먹은 덕에 팔다리가 늘어나는 것이 전부다. 심지어 헤엄도 못 친다. 해적왕을 목표로 삼은 남자인데 말이다.

보는 내내 답답하고 걱정되는 이 핸디캡 많은 주인공은 1화부터 현재까지 해적왕이 될 거라고 지겨우리만큼 외치고 다닌다.

자신의 목표가 너무나 확고한 주인공이다. 이런 캐릭터는 보지 못했다.

그는 자신의 꿈을 이루기 위해 행동한다. 그리고 자신을 도와줄 검사, 항해사, 저격수, 요리사, 의사, 고고학자, 수리공 등을 차례대로 끌어들인다. 점점 그를 도와주고 지지해주는 친구들을 늘려나가기 시작한다.

처음에는 떠돌이 해적 액션 만화쯤으로 생각했는데, 어느새 '이러다 해적왕이 되겠는걸?' 싶었다. 지금은 해적왕이 안 되면 이상할 정도로 수많은 동료를 모았다. 엄청난 힘을 길렀고, 해적왕을 노릴 만한 권위와 위치에 올라섰다.

뭔가를 목표로 정했다면 어떻게 행동하고 노력하고 준비해야 하는지를 보여준 고마운 애니메이션이다.

인생의 목표를 찾는 것은 어렵다. 하지만, 끊임없는 사색 끝에 목표를 찾기만 한다면, 그 방향성 덕분에 앞으로 나아갈 수 있는 추진력을 얻을 수 있다.

나도 그랬다. 남들보다 훨씬 늦은 30대 막바지에 목표를 찾았다. 비록 늦었지만 한 걸음씩 나아가고 있다. 이 글을 보면서 어떠한 작은 생각이라도 그대 안에서 만들어졌기를 간절히 바라본다.

〰〰〰〰〰〰〰〰〰〰〰〰〰〰〰〰〰〰〰〰〰〰〰〰〰〰〰

▨ 추신

1만 6,540분. 그리고 루피에게 배운 목표 의식.

행동이 뒤따르지 않는 목표는 무의미하다. 노력과 준비가 없는 계획 역시 무의미하다. 소중한 깨달음을 얻기는 했지만, 역시 16,540분과 바꾸기에는 시간이 아까운 것이 사실이다.

○ 척척 박사

부러우면서 부럽지 않은 척.

갖고 싶지만 필요 없는 척.

척, 척….

친해지고 싶지만 관심 없는 척.

대화에 끼고 싶지만 시크하고 도도한 척.

궁금하지만 무시당할까 봐 물어보지 못하고 괜찮은 척.

우연히 나만 아는 것이 나올 때는 기다렸다는 듯 잘난 척.

척, 척, 척….

실상은 쪼들리는데도 친구들 앞에서는 거만하게 돈 많은 척.

항상 속마음을 숨기며 '나는 너희와 달라'라는 듯 씩씩한 척.

평소에는 자기보다 잘나가는 친구를 헐뜯다가도 그 친구 앞에서는 아무 짓도 하지 않은 척.

세상에서 자기만 움직이지 않는다는 것을 알면서도 스스로는 바쁠 것도 없고 초조하지 않고 여유 있는 척.

척… 척….

"저기요, 어디를 그렇게 힘들게 올라가시나요? 발소리가 많이 힘들게 들리네요."

"아, 네. 저는 혼자 살아가는 길에 오르는 중입니다."

그렇게 외로움이라는 산 정상을 향해 올라가는 나는 척척 박사.

척척, 오늘도 다른 무거운 발소리를 만들어낸다.

찾아 나서면
쉽게 목격되지 않지만

이쪽저쪽
이 사람 저 사람에게
더 자주 목격되고 싶은

내 꿈은 UFO.

°내 방에 사는 사람들

화장실로 들어가 샤워할 생각이다.

볼 만한 것을 찾는다.

〈무한도전〉을 볼까? 토크쇼를 볼까? 음악 방송을 볼까?

흠.

한참 고민 끝에 그래도 여러 사람이 떠드는 〈무한도전〉을 틀어놓는다. 볼륨은 최대로.

자, 이제 화장실로 들어가 문을 잠그고 샤워를 시작한다.

샤워하는 도중 〈무한도전〉의 음성은 전혀 들리지 않는다. 그런데도 늘 샤워하거나 볼일을 보거나 설거지할 때 방송을 틀어놓는다. "아니 왜?"라고 물으셔도 할 말이 없다. 나도 바보 같은 행동이라는 것을 알지만 고치지는 못한다.

보지도 않을 TV를 틀어놓는 이유.

혼자 있지 않은 듯 착각하게 해주기 때문일까?

대화와 웃음이 흘러나오는 자리에 나도 껴 있다고 느껴지기 때문일까?

이도 저도 아니면 샤워하는 동안이라도 내 방이 외롭지 않게 하려는 걸까?

뭐가 됐든 이상한 대답 같다.

아마 웃고 떠들고 노래하기 좋아하는 여러 사람이 내 방에서 같이 살고 있다는 착각을 만들어줘서인 것 같다.

◦이모

　가만히 방에서 나에 대해 생각하고 있노라면 변기 물 바뀌듯 금세 가슴이 답답하고 나쁜 생각이 들 때가 있다.

　'안 돼. 공기라도 쐬러 나가자.'

　추레한 몰골로 무작정 나와 정처 없이 길을 걷다 보면 신기하게 발걸음이 멈추는 곳이 있다. 여기 오려고 했던 것은 아니지만, 혹시 몰라 어머니 지갑에서 몇 만 원 들고 오길 잘했다. 이렇게 가끔 혼자 찾던 술집.

　내 입에서 몇 마디가 출력되면 비로소 답답하고 나쁜 생각이 술과 함께 씻겨 내려간다.

　"이모~, 사장님~"

　내 이모도, 내 사장님도 아니다. 그런데도 그렇게 부르게 해줘서 고맙다. 안 그러면 정말 주위 눈치 안 보고 부를 사람이 없다.

○ 워커홀릭

　방에만 있다 보니 게임과 야동이 뭔가 악영향을 준다는 것을 깨달았다. 그래서 동기부여를 해줄 만한 영화나 성장 드라마를 찾아봤다. 한국과 미국에는 그런 것이 좀 적었다. 일본 드라마 중에는 그런 부류의 교훈적인 성장 드라마가 많았다.

　이렇게 마음을 다잡으려고 보기 시작했는데, 점점 일드 마니아가 되더니 일본 애니메이션의 세계에까지 빠져들고 말았다. 일본어를 전혀 공부한 적 없는 내가 어느새 웬만한 말이 들리는 신기한 상황이 벌어졌다.

　어느새 나는 일(애니메이션) 중독자, 일(드)벌레가 돼 있었다.

　나는 워커홀릭(일(日本) 중독자)이다.

▧ 추신

중국에 있을 때 바이어 대부분이 일본인이었는데, 내가 하는 기본적인 수준의 일본어를 듣고 즐거워했다. 세상에는 알아둬서 손해 보는 것은 없는 듯하다.

˚사치

라면을 끓일 때 가끔 계란을 두 개 넣는 것. 내게 사치는 그 정도라고만 생각했다.

집에 잠들어 있던 책 열 권을 중고 책 매장에서 이만 오천 원으로 환골탈태시켰다. 오랜만에 친구 J와 술 마실 자금이 생긴 것에 기뻐 룰루랄라 콧노래를 부르며 집으로 돌아오는 중이었다.

예년보다 빨리 찾아온 여름 날씨에 후덥지근하다. 아직 점심때인데도 땀을 흘려가며 고깃집에서 숯불을 열심히 나르는 앳된 아르바이트생을 봤다.

그녀를 지나가는데, 두 귀에 이어폰을 꽂은 채 덩실거리며 방탄소년단 노래를 듣는 무직 남자가 거울 너머로 보였다. 핸드폰을 꺼내 기록했다.

이것이 진정한 사치다.

지금도 무의미하게 시간을 낭비할 것 같으면 그 아르바이트생을 떠올린다.

° 진격의 거인

일본 애니메이션 〈진격의 거인〉을 보다 보면 가끔 씁쓸한 생각이 든다.

벽 밖에는 사람들을 잡아먹는 무시무시한 거인들이 산다. 사람들은 벽 안쪽에서 100년 동안 안전한 삶을 살아온다. 그러다 점차 벽 안쪽 생활에 익숙해져 안전하다고 느낀다.

주인공 에렌은 나태해져만 가는 군인들에게 화를 낸다. "에렌, 너무 걱정 마! 거인들은 이 담장을 절대 넘어올 수 없으니까." 이렇게 말하는 병사에게, 그렇다면 우리가 가축과 다를 게 뭐냐고 대답한다.

에렌이 벽 안쪽에서의 안전한 삶을 버리고, 밖으로 나가 싸울 수 있는 군부대에 지원하면서 본격적인 이야기가 시작된다.

벽 밖으로 나가는 수색 군인들은 매번 큰 상처와 실패를 경험하고 돌아온다. 그런 모습을 보고 사람들은 더욱더 수색 군인에 지원하지 않으려 한다. 밖은 위험하다. 다치고 상처받고 아무 일도 이루어내지도 못한 채 돌아오기 일쑤다. 목숨까지 빼앗기기도 한다.

그러다 기어이 일이 터지고 만다. 언제까지 평화로울 줄 알았던 벽 안쪽으로 갑자기 거인들이 들이닥친다. 거대한 담장을 부수고, 갇혀 지내던 사람들을 식용하기 시작한다. 마치 우리 인간이 닭장에 들어가 닭을 잡듯이 말이다.

나는 이 장면이 방에 틀어박혀 있는 은둔자들에 대한 경고 메시지로 느껴졌다. 지금 삶이 안전하고 그런 대로 살아가기에 불편함이 없어 보이지만, 사회가 언제까지 내버려둘 것 같은가 하는 경고의 메시지로 말이다. 사회의 포식자들을 피해 숨어 지내는 우리가 언젠가 매장당해버릴 것이라는 메시지 같았다.

에렌은 성적이 우수해 더 편하고 안전한 생활을 할 수도 있었지만, 최전방에 나가서 배우고 몸을 부딪쳐 싸워나가는 수색대원을 지원한다.

언제 어떻게 될지 모르는 삶 속에서 에렌은 닭장 속 수많은 닭들 중 하나가 아닌, 닭장을 부리로 쪼아보고 탈출할 만한 곳이 없는지 살펴보고, 꾸준히 점프 연습을 해서 가장 낮고 허술한 곳을 찾아 탈출을 꿈꾸는 닭이 되기로 결심한 것이다.

˚하찮은 사연

고교 시절, 한 친구가 내게 컬렉터(수집가)라는 별명을 지어줬다. 달마다 오는 문제집이 있었는데, 언제나 풀지 않고 모아두기만 해서였다.

이런 습관은 얼마 전까지 이어졌다.

나는 보지도 않을 책을 사는 것이 취미였다. 제목이 끌리거나, 표지가 맘에 들면 구매했다. 맘에 드는 책의 후속이 나오면 그냥 모았다.

그중에는 《명탐정 코난》이라는 만화책도 있었다. 대학 시절부터 모았는데, 20년이 지난 지금까지 연재된다.

고교생 명탐정이 약을 먹고 초등학생이 돼 사건을 추리한다는 내용이다. 당최 이 초등학생이 크지를 않았다. 나날이 인기가 높아진 이 만화책은 좀처럼 끝나지 않아서 끝내 모으는 것을 포기했다.

이렇게 좋아하는 만화책도 모으기만 하고 안 보는데, 다른 책은 말할 것도 없었다.

어느 날, 갑자기 이런 생각이 들었다. 방 안 잔뜩 어질러져 있는 책들이 내 마음 상태를 반영한 것만 같았고, 책장에 꽂혀 있는 책들은 내 두뇌 상태인 것 같았다. 마음 상태는 엉망진창이고, 두뇌에는 성인 잡지와 만화책, 무협지로 가득했다.

벗어나고 싶었다. 책을 좋아하지만 책이라도 일단 눈에 안 띄면 숨이 트일 것 같았다. 눈물을 머금고 산 가격의 10분의 1 가격으로 중고 책 매장에 거의 모든 책을 처분했다. 그리고 백 권도 채 남지 않게 됐을 때 비로소 한 권씩 꺼내서 보게 됐다.

200권은 재고가 많은 건지 인기가 없는 건지 권당 천 원에도 안 팔렸다. 그래서 막 펼쳐보게 됐다. 원래 책을 보물 다루듯 아꼈으나, 값어치가 천 원 이하라면 부담 없이 구기고 줄 치고 읽다가 버리자는 생각으로 한 권씩 보다가 문득 깨달았다.

'아, 나는 책을 이렇게 읽었어야 했구나.'

나만의 독서법까지 생겼다. 그동안 안 읽히던 책들이 읽히기 시작했다.

책이 많이 있을 때는 책들이 언젠가 읽어야만 하는 스트레스였다. 그런데 텅 빈 책장의 몇 권은 천천히 음미하면서 읽을 수 있는 양식이 됐다.

책을 빨리 읽는 것, 단기간에 많이 읽는 것은 더 이상 아무 의미가 없었다. 책 한 권이 인도하는 타인의 삶과 상상력, 그리고 나 스스로에게 물어보는 질문들, 세련된 표현력 습득은 새로운 독서의 재미가 돼버렸다. 책을 접하고 처음으로 스스로 생각하는 내가 보였다. 나는 몸이 부들부들 떨리기 시작한다 그리고 묻는다.

"넌, 도대체 누구냐?"

책은 대답한다.

"내 이름은 독서. 양식이죠."《명탐정 코난》의 패러디다.)

이것이 책을 읽게 된 하찮은 사연이다.

○ 혼잣말

집에 혼자 있을 때, 노래를 따라 부르거나 게임에 나오는 성우들을 흉내 내는 것으로 시작했던 것 같다. 그렇게 혼자 말하고 혼자 듣는 게 시작되었다.

영화를 보며 "말도 안 돼".

스포츠를 보며 "아 놔! 거기서 그건 조심했어야지".

책을 읽다 "에이, 이건 아니다".

이렇게 방에서 혼잣말하는 나를 가끔 본다. 그때마다 "나, 뭐 하나?" 하고 자문하지만 자답하진 않는다. 그냥 내가 한심하기보단 불쌍했다.

혼잣말의 수위가 높은 날도 있다.

"넌 뭐가 그렇게 잘못된 거냐? 다 핑계 아냐?"

"게임 안 하면 안 돼?"

"그래서 하고 싶은 게 대체 뭐야?"

"혼자선 아무것도 못 하니?"

"답답하다."

"한심하다."

이런저런 자문자답들.

나는 겁이 많다. 머리가 약간만 찌릿해도 큰 병은 아닐까 불안해한다. 미치지 않았다는 것을 알면서도 '미쳐가는 건가' 걱정이 된다. 갑자기 3인칭 화법을 쓰고 있질 않나. 두렵기도 했다.

괜찮다. 정신병이 아니다. 다만 하루에 말해야 하는 수만 개 단어 중 조금이라도 내보내야지 살 수 있는 생리 현상 같은 것이다.

그냥 그렇다는 것이다.

°웃어야 할지 울어야 할지

오랜만에 친구들 소식을 들었는데, 하필이면 안 좋은 소식이다.

믿었던 친구에게 사기를 당했다고 한다. 피해를 입은 친구들 대부분 아내에 자식도 있고, 대출까지 받은 상태여서 괴로움이 컸다. 모두 같이 술 마시며 놀던 사이였는데, 어느 순간 연락이 끊기기 시작했다. 내 연락처는 알려지지 않아서 나는 운 좋게 사기를 피할 수 있었다.

나중에 피해를 입은 친구와 술잔을 기울이며 이런저런 대화를 나누다 '웃픈' 사실을 알았다.

내가 말했다.

"내가 그 기간에 너희와 왕래가 없어서 이런 일을 피해 갈 수 있었나 보다."

친구가 대답했다.

"뭐 그런 걸 수도 있고, 처음부터 너를 안중에 두지 않았을 수도 있고."

그렇다.

나는 잊혔거나 사기 칠 가치가 없었는지도 모르겠다.

술맛이 쓰다. 독주를 마시는 것 같다. 그래도 목에 기름을 두른 듯 잘만 미끄러져간다.

예전의 내가 아니다.

더 이상 유리 멘탈로 남아 있지 않겠다.

'젠장! 잊힌 존재감을 다시 드러내고, 잊힌 내 가치를 단 하나라도 찾아 끌어올려보리라.'

친구와 헤어져 집으로 가는 길, 비틀거리는 몸을 이끌며 몇 십 번 몇 백 번, 그렇게 되뇌었다.

° Color

"재주 씨, 이 일 저 일 많이 하셨네요."

"네? 아, 아니요. 대부분 1년도 못 버티고 6개월, 3개월 있다 나온 곳도 있습니다. 한심하고 끈기 없는 직장 생활의 연속이었습니다."

"아니에요. 그 정도면 완전히 다른 분야의 일에 잘 적응한 겁니다. 대단해요."

"제, 제가요? 에이."

"A 사가 회색이라고 한다면 A 사는 회색에 가까운 사람들을 채용하고, 회색 인간으로 만들어가는 것뿐이에요. 재주 씨는 회색이 아니었던 거예요. 그뿐입니다.

아마도 그 회사 간부는 진회색, 대리는 연회색 정도? 결국 모두 회색이죠. 그 회사에 갓 들어온 신입 사원이 회색으로 변할지 다른 색으로 바뀔지는 아무도 몰라요. 재주 씨는 전혀 다른 색이었던 거예요."

세상에, 겨우 색깔로 끈기와 인내심 없게만 느낀 별 볼일 없었던 직장 생활의 기억을 순식간에 치유해줬다. 그 오랜 시간,

나 자신을 한없이 못나게 생각했는데, 이 사람은 단지 '색을 맞추지 못한 거다. 회색이 되기 싫었던 거다'라는 말로 나를 치유했다.

여러 사람을 만나다 보면 이런 일도 생긴다.

4부 ——————————————————————

206

어느 날
방문을 열고
나오며

◦간주 점프 금지

삼바를 추며 '거꾸로 말해요 아하' 게임을 하던 것이 엊그제 같은데, 이제 〈무한도전〉은 역사 속으로 사라졌다. 그들은 참 여러 가지 의미 있는 도전을 해왔는데 나는 그대로인 것만 같다. 마치 1절과 2절 사이를 간주 점프로 넘긴 것마냥 휙 보내버렸다.

그래도 괜찮다. 그 시간이 없었다면 다가올 2절을 부를 희망도 없었을 테니까.

나는 지금부터 2절을 부르려 한다. 나와 같은 노래방에 있다면 정지 버튼을 누르지 말아달라.

이 곡만은 끝까지 부르고 싶으니….

° 자존감 교실

강연장에 가서 자존감 강연을 듣는다. 간단한 자기소개가 이어지고, 강연 순서에 따라 각자 이야기를 풀어놓는다.

덩치 좋은 20대 청년이 이야기한다. 그의 젊음이 부럽다. 멀쩡해 보이는 이 청년은 이런 곳에 왜 왔을까? 알고 보니 운동하다 몸을 다쳐 철심을 몇 개씩이나 박아야 했다고 한다. 그런 몸을 끌고 여기까지 오다니.

운동으로 다져진 듯한 몸매의 아름다운 20대 후반 여성. 멋진 솔로인 줄 알았는데, 종교적인 이유로 집안과 불화가 있다고 한다. 부모에게 반항하고 가족과 등을 져버렸단다.

열심히 사는 30대 초반 여성. 보수도 좋다고 한다. 열심히 일하는 그녀가 부럽다. 그런데 이야기를 듣다 보니 그녀는 행복의 척도가 일에 맞춰져 있었다. 일을 잘해 칭찬받거나 승진하면 누구보다도 큰 행복을, 실적이 안 나오거나 주변인들과 마찰이 생기면 우울증에 걸린다는, 일이 마치 자신의 전부인 양 기복이 큰 그녀. 심지어 공황장애를 겪고 있다는 그녀가 측은해진다.

그들은 자신의 아픔과 상처 이야기를 용기 내어 털어놨다. 자신의 처지를 말한다고 창피당하는 것이 아니었다. 하긴 이 모두 자신들의 잘못이 아니다. 그들의 이야기에 치유를 받은 것 같다. 내 마음이 가벼워지면서도 가여워진다.

난 별것도 아니었구나. 누구나 마음속에 3도 화상 흉터 하나쯤 가지고 있었구나.

내 이야기를 꺼낼 용기가 난다.

"저는 별것 아니에요…."

내 슬픔을 낱낱이 이야기하자 사람들이 놀란다. 위로의 눈빛을 보내준다. 응원이 이어진다.

그들이 보내는 어떤 의미의 미소든 내게는 치유의 묘약이었다. 그들이 보내준 눈빛 하나하나에서 '당신이 열심히 하지 않아서 그래요', '당신이 좀 더 노력했어야죠' 같은 느낌은 받지 못했다. 용기를 내 세상에 나와 입을 열어줘서 감사하다는 무언의 미소들이었다.

말하고 나니 후련하다. 얼마만의 편안함인가.

내 안에서 숨 쉬던 모든 고통들이 한 번에 거짓말처럼 씻겨 내려가지는 않았지만, 한결 마음이 정리된 기분이다. 이제야 남들 부럽지 않게 살아갈 수 있을 것만 같다.

°SK 와이번스

운동은 젬병이지만, 보는 것은 좋아한다. 그중에서도 야구를 가장 좋아한다.

와이번스 팀을 응원했던 이유는 인천이기 때문이기도 했지만, 우승 경험이 없어서였다. 창단하고 계속 하위권에 머무는 팀. 우승 같은 건 꿈도 못 꾸는 팀, 스타플레이어가 없는 팀. 이 것이 맘에 들었다. 2003년인가, 한국 시리즈에 오르는 저력을 보여줬지만 역시나 이듬해부터 다시 곤두박질.

집과 가까워서 몇 번 가봤다. 야구장을 이렇게 멋지게 지어놓 고도 실력은 그 수준을 따라가지 못했다. 그래서 더 아쉬웠다. 입장료가 정말 쌌는데도 야구장 안이 휑했다. 앞좌석에 두 발을 올려놓고 시끄럽게 술 먹고 떠드는 아저씨들뿐. 신나고 절도 있 는 응원은 찾아볼 수 없었다. 오히려 원정 팀 응원단이 와이번 스 야구장의 돈벌이가 될 정도였다.

마치 나를 보는 것 같았다. 겉만 멀쩡한 속 빈 강정 같은 나 같 았다. 나를 찾아오는 사람도, 응원하러 오는 사람도 딱 이 정도였 을 것이다.

그래서인지 와이번스 팀 경기는 방에서 꼭 챙겨봤다. 내 인생과 닮아 밉지만 버릴 수 없는 팀. 그런 존재였다.

그런데 2007년. 이상한 일이 생겼다. 김성근이라는 감독으로 바뀌고서 승승장구하기 시작한 것이다.

'뭐, 잠깐 저럴 수 있지.'

그랬는데 시즌 막바지에는 1위로 올라갔다.

그래도…. 2003년도처럼 분명 우승 문턱에 좌절할 거야. 운이다. 일 년 만에 바뀔 순 없어. 말이 안 돼!

어느 날, 야구를 아주 가끔씩 보시는 아버지께서 티켓이 생겼으니 같이 가자고 하셨다.

"어차피 질 팀이에요. 방에서 볼게요."

그해 그 게임을 마지막으로 와이번스는 우승했다.

'감독을 잘 만나면 반짝 우승도 할 수 있는 거구나.'

즐겁기도 하고 왠지 속는 것 같기도 하고….

2008년이 됐다. 연달아 우승하기는 힘들다. 작년의 그 팀이 독기를 품고 다시 맞붙는다. 방에서 어쩌면 일어날지도 모를 기적의 순간을 지켜본다. 우승이다.

'아, 변했나 보다. 이제 강팀이 됐나 보다. 심적으로나 체력적으로나 강해졌다. 부럽다. 저 선수들이 부럽다. 나도 나를 깰 수 있게 도와줄 감독님이 있으면 좋겠다. 그런 멘토가 있으면 좋겠다.'

이제 와이번스는 곧 나다. 야구팀에 감동받아 힘을 낼 수 있을 것 같다.

2009년. 이번에는 역사의 현장으로 나간다. 마지막 7차전. 나 자신 같은 팀을 목청 높여 응원해본다.

3년 연속 기적을 보여줘. 나도 세상으로 나갈 수 있게 다시 한 번 힘을 내줘.

혼자지만 신난다. 술 취한 아저씨들이 응원 잘한다고 술을 준다. 치킨도 준다. 어느덧 야구 관람보다 그 아저씨들과 소주를 마시는 것이 더 재미있어진다.

시합이 막바지를 향해 가고 있다. 여유롭게 이기고 있다 어느 순간 동점 상황까지 돼버렸다. 큰 거 한 방이면 역전으로 질 수도 있는 상황. 정신 차리고 다시 응원한다.

나름 야구 전문가인 나는 안다. 마지막 7차전, 이런 큰 경기에서 홈런은 그렇게 자주 나오지 않는다. 그런데….

따앙!

홈런이다. 역전패.

'젠장, 내가 응원해서 졌나?'

슬프다. 이제부터는 내리막인가. 그래도 와이번스의 변화가 멋지다고 생각했다.

2010년. 또다시 방 안에서 응원하자 와이번스가 우승했다.

'장난쳐? 안 가면 이기는구먼.'

그해 감독이 팀을 떠나면서 더는 보지 않게 됐다.

지금도 대단한 팀을 만들었다고 생각한다. 리더 한 명이 자신이 그린 대로 팀을 만들었다. 4년간 우승 세 번, 준우승 한 번. 단기간에 급성장할 수 있다는 것에 마음이 빼앗겼던 것 같다.

'나를 일깨워주거나 잠재력을 끌어내줄 분이 있다면 얼마나 좋을까?'

이런 생각을 얼마나 많이 했는지 모른다. 힌트라도 발견할까 싶어 김성근 감독에 대한 책을 몇 번씩 읽었다.

지금은 안다. 지금의 상황을 깨고 싶다면 멘토에게 의지하면 안 된다는 것을.

내가 방에서의 생활을 택했을 무렵에는 그 어떤 훌륭한 사람이 왔다 해도 소용없었을 것이다. 의지가 없었던 내게 보약은 그냥 맹물이었을 것이다.

와이번스가 잘될 수 있었던 것은 모두의 목표가 같았고, 각자에게 그렇게 하고자 하는 의지가 있었기 때문이라는 것을 나는 너무 늦게 알아차렸다. 패배 의식을 버리지 못하고, 지금 삶의 최고 목표가 변화가 아니라면 그 어떤 대단한 멘토가 온들 힘들다. 방에서 나가려는 의지를 최대로 키울 이유를 찾아야 한다.

그것이 내가 야구팀을 응원하면서 깨달은 것이다.

◦ 열두 척의 배

중국에 있을 때 한국에서 대작 영화가 탄생했다. 〈명량〉. 누구나 아는 이순신 장군의 이야기다. 〈조선왕조 오백년〉, 〈불멸의 이순신〉 같은 드라마에서 익히 다룬 내용이다. 역사가 스포일러인 영화. 그런데 그런 〈명량〉은 천만이 넘는 관객이 봤다.

한국으로 돌아오고 한참 뒤에야 방송에서 해주는 영화를 봤다.

감동이었다. 뭉클했다. 열두 척으로 일본군 삼백삼십 척과 전투를 벌이다니. 이순신 장군님은 역시 최고의 장군님이다. 백원짜리에 그칠 위인이 아니다.

"신에게는 아직 열두 척의 배가 남아 있습니다."

이 대사가 너무나 멋지게 가슴 한구석을 후벼 팠다. 궁금해서 찾아봤다. 왜 열두 척밖에 남지 않았는지. 원균이 부산 칠천량 해전에서 참패해 백예순 척 중 백마흔여덟 척이 완파당하고, 겨우 도망쳐 나온 배가 열두 척이었다고 한다.

'도망쳐 나온.'

이 말이 왠지 모르게 가슴에 와닿았다. 어디에서 도망쳐 나온 열두 척이 이순신 장군에게는 너무나도 고마운 열두 척, 반전을 끌어낼 수 있는 희망의 열두 척이었다. 그것으로는 아무것도 못 하니 육군에 합류하라는 왕에게 장계를 올려 "신에게는 아직 열두 척의 배가 남아 있습니다"라는 명언을 남기시고, 말도 안 되는 해전을 승리로 이끌고 우리나라를 지켜내셨다.

우리는 모두 백마흔여덟 번 마음의 상처를 받고, 남은 자존심과 마음까지 크게 다칠까 공포심과 두려움에 휩싸여 있는지도 모른다. 하지만 이 열두 척, 세상을 피해 도망만 다니는 내 안의 바닷속 어딘가 있는 이 열두 척의 배. 내가 죽기를 각오하고 목표를 향해 세상이라는 녀석과 한번 부딪쳐 싸워볼 만한 무기.

내게 열두 척의 배는 시간과 같았다. 열두 척의 배는 누구에게나 공평하게 있다고 생각한다. 이 배들을 어떻게 활용하느냐에 따라 인생이 달라질 것이란 확신이 들었다.

게임과 은둔의 생활로 도망치지 말자. 열두 척의 배를 더 이상 방치하지 말자. 이제 나만의 열두 척을 꺼내자. 결심해본다.

저 멀리서 장군님의 음성이 들려오는 듯하다.

"만일 그 두려움을 용기로 바꿀 수만 있다면."

게으른 내가 아직 못 먹어본 맛 중
제일 느껴보고 싶은 한 가지.
열정의 맛.

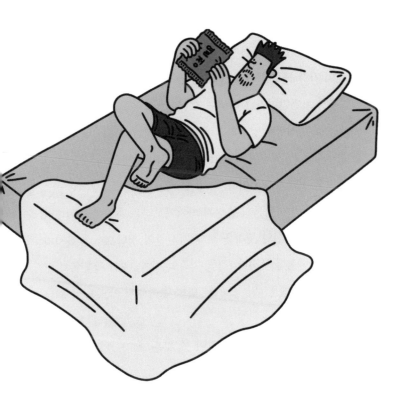

°노답? No Doubt!

10년 만에 방구석에서 나와 보니 어느 곳에도 정답이 없었다. 보기는 가끔 있었지만, 그 보기 중에서 내게 딱 들어맞는 답을 고르는 것은 언제나 힘들었고, 들어맞지도 않았다. 사람들이 이 방법, 저 방법을 알려줬지만, 언제나 내 스스로 생각하고 결정한 것이 가장 근사한 답이 됐다.

인구가 오천만이라고 한다면 오천만 개의 서로 다른 답이 존재하는 것이 지극히 당연하지 않을까? 우리 모두 얼굴이나 사는 환경이 다르고, 생각이 다르기에 저마다의 인생을 사는 답도 당연히 다를 것이기 때문이다.

누구의 방법이 맞는지 틀린지 따지기보다는 자신에게 최대한 맞는 방법에 자신의 생각을 보태 자신만의 정답으로 승화시키는 것이 바람직한 듯하다. 결국 지금의 방황, 처한 상황에서 벗어나겠다고 정했을 때는 스스로 답을 찾아내지 않으면 안 되는 것이다.

방에서 나온 뒤 내가 가장 많이 한 것은 보고, 듣고, 쓰고, 생각해서 나만의 정답을 만드는 것이었다.

'그래, 강연을 듣자. 저명한 강사들을 직접 만나고, 그들의 이야기를 듣고, 숨어 있는 정수를 적고, 나만의 생각과 견주어봐서 배울 것은 배우고, 버릴 것은 버리자!'

그래서 정말 많은 강연장을 찾아다녔다. 배우고, 듣고, 익히며 내 생각을 하나씩 성장시키기 시작했다. 그러자 마음이 열리기 시작했다. 강연장에서 만난 사람들과 친해지고 위로를 받았다. 점점 자신감이 자라기 시작했다. 기분이 좋아져 인상이 밝아졌다.

인생에 정답이란 없는 것 같다. 살아가면서 스스로 나름의 해답을 만들어야 한다. 나는 하나씩 만들고 성장시키는 중이다. 인생이 '노 답'인 것은 정말로 정답이 없기 때문이다. 없는 답은 만들면 된다. 그리고 만들었다면 더 이상은 No Doubt!

B급 인생

　강연장에서 만난 한 분이 내 지난날 이야기를 듣고 이렇게 말했다.

　"듣다 보니 B급 인생을 사신 것 같아요."

　순간 나도 모르게 책상을 치며 그녀를 응시했다.

　그녀가 당황해하며 말했다.

　"부… 분명 앞으로 A급 인생을 사시게 될 거예요."

　나는 씨익 웃으며 그 자리를 벗어났다.

　나는 여태껏 가장 낮은 등급의 인생을 살아왔다고 생각했다. 알파벳으로 따지자면 Z등급 정도? 아니, 그래도 몸 건강하고, 밥도 먹을 수 있고, 방도 있으니 X등급 정도?

　그런데 그녀는 나를 한 번에 B등급까지 올려준 것이다. 너무 감사한 일이었다.

　그래, 나는 B급이다.

∘ 전철 손잡이

방 탈출을 한 요즘 전철을 많이 탄다.

'왜 강연은 서울에서만 하는 거야.'

'강연장은 왜 이렇게 멀기만 한지.'

속으로 투덜거리면서도 강연장으로 향하는 길은 기분이 좋다. 대부분은 서서 이동하지만 뭐 괜찮다. 아직까지 두 시간 정도는 서 있어도 견딜 만하다.

오늘은 다행히 빈자리가 있어 앉아서 갈 수 있었다. 속으로 '럭키!'를 외치곤 자리에 앉았다. 앉아서 반대편을 보다가 문득 전철 손잡이에 시선이 갔다. 마치 손잡이가 악수를 청하는 손처럼 보였다. 내가 잡으면 그 손은 내 중심을 잡아줬고, 의지가 돼 줬다. 흔들리지 않게 붙들어줬다.

이제 내가 그 전철 손잡이가 되고 싶다. 손을 잡는 것만으로도 부담을 줄이고 흔들리지 않으며 안심이 되는 그런 사람이 되고 싶다. 나를 필요로 하는 한 항상 한 손을 내밀고 있겠다.

용기를 내보길. 세상으로 나와 내게 손 내밀길.

° 무한도전

방에만 갇혀 지낼 때 가장 힘이 돼준 TV 프로그램을 하나 꼽으라면 당연히 〈무한도전〉이다. 어느 날은 한 에피소드만 하루 종일 계속 돌려봤을 정도로 이 버라이어티쇼가 내게 주는 의미는 남다르다.

왜 〈무한도전〉이었을까? 사실 〈무한도전〉이든 다른 버라이어티쇼든 상관없었을지도 모른다. 다만 나보다 못나 보이는 형들이 아등바등하는 모습이 멋져 보였다.

많은 젊은이가 방황할 수밖에 없는 시대를 살아가고 있다. 나도 그랬다. 현실은 나를 좌절하고 아프게 했다. 그래서 모든 것을 내려놓고 〈무한도전〉을 보면서 한순간이라도 웃음으로 현실에서 도피하려 한 것이다. 내가 방황하던 시절에는 〈무한도전〉을 계속해서 보지 않으면 늘어난 잡념과 자책으로 살 수가 없을 정도였다. 그렇게라도 웃지 않았다면 우울증에 걸렸을 것이다.

한동안은 나도 이렇게 생각했다. 나이 먹어서 취직은 안 하고 방에서 〈무한도전〉만 무한 시청하다니 정말 한심한 노릇이라고. 그런데 어느 날 문득, 단지 코미디 프로그램을 보는 것이 아니라 자신을 치유하는 과정이라는 생각이 들기 시작했다. 자기 합리화나 변명일지도 모르겠으나 그럴 만한 이유가 있다.

첫 번째는 앞에서도 말했다시피 늘어만 가는 잡념과 자책으로 숨이 막힐 지경이었을 때 숨통을 틔워줬다.

두 번째는 〈무한도전〉을 보면서 현실도피를 하고는 있지만, 잠깐뿐인 웃음만 나올 뿐 행복하지 않았다는 것이다. 이상했다. 늘 이렇게 나를 웃게 해주는데도, 현실의 걱정과 고민 등을 잊게 해주는데도, 가슴속까지 행복하지는 않았다.

우리 자신이 가장 잘 안다. 단지 현실을 잠시 잊고 싶을 뿐이라는 것을. 웃고는 있지만 속으로는 어떻게 살아가야 할지를 고민하고, 괴로워하고 있다. 이렇게 방황한다는 것은 살아 있다는 증거이자 살아가고 싶다는 의지라고 생각한다. 이 모든 것은 자신을 치유하는 과정이자, 변화하기 위해 틀을 깨는 과정이다.

그러니 너무나 하찮게 보이는 게임을 하거나 TV를 보는 것도 사실은 현실을 살아가기 위한 잠깐의 방황이라고 위로하자. 자연스러운 고민이자 제대로 살고 싶다는 의지의 다른 표현일 뿐이다.

나는 10년간 히키코모리였고, 심각한 게임 중독에 늘 현실에서 도피하려 버라이어티쇼를 봤다. 게임을 하면서 그나마 사람들과 소통해왔기 때문에 살 수 있었다. 처음에는 생각 없이 웃기만 하려고 봤던 〈무한도전〉도 '이 사람들도 이렇게 도전을 하는데 나라고 왜 못 해?'라는 생각을 가지게 되면서 종종 힘을 얻는 원동력이 되었다. 또 〈프로듀스 101〉을 보면서 꿈이 생겼으니 내게는 방황했던 시간들이 아주 헛되지는 않았다고 생각한다.

필요하다면 앞으로 점차 줄이면 된다. 너무 자책하지 말자. 우리는 나름대로 잘 싸우고 있다.

▨ 추신

나는 드디어 방에서 탈출했다. 그런데 〈무한도전〉은 역사 속으로 사라졌다. 내가 방황했던 시기와 맞물려 힘이 돼주던 프로그램이다. 이 짧은 글은 〈무한도전〉에 보내는 작은 헌사다.

° 기한의 증거

얼마 전 〈신과 함께〉란 영화를 봤다. 주책없게 펑펑 울었다. 그러면서 나태라는 지옥이 정말 있다면 '난 정말 엄청난 벌을 받겠구나' 라는 생각에 뜨끔했다.

모든 일에는 '기한' 이라는 것이 있다. 수능, 원고 마감일, 축구의 전·후반전, 야구의 9회, 심지어 신데렐라에게도 자정. 동심을 파괴하긴 싫지만, 그 시간 전까지 어떻게든 왕자님을 꼬셔야 하는 것이다.

기한은 중요하다. 잠깐만 생각해보면 알 수 있다. 기한이 없다면 재미도 없고, 의미도 없다는 것을. 생각해보라. 농구 경기를 하는데 시간제한이 없다면 스코어가 1,456점 대 1,356점이 된다고 해도 전혀 이상하지 않다. 이 얼마나 '뻘짓'이란 말인가. 이것이 바로 기한을 꼭 정해야 하는 이유다.

일전에 무작정 '살 빼야지' 하고 기한을 정하지 않고 다이어트를 시작했다. 물론 결심이 지켜졌을 리 없다. 살이 1도 빠지지 않았다. 애초에 '보름 동안에 2킬로그램을 빼 보이겠다' 라고 했어야 한다. '책 좀 읽어야지' 가 아니라 '일주일 안에 책 한 권을 읽겠다' 같은 식으로 기한을 정했어야 한다.

기한을 정해두지 않아서 나태와 방심이란 친구가 가세해 시작도 못 한 것이었다. 기한 없는 목표 설정이 나 자신을 얼마나 나태하고 무기력하게 만들었는지 모른다.

그대들도 데드라인 없는 삶은 점점 'DEAD'라는 'LINE'에 가까워지는 꼴이라는 것을 느꼈을 것이다.

'딱 6개월만 아무것도 안 하고 쉬겠다' 라든지 '2010년까지만 나를 위해 투자하겠다' 고 기간을 정했다면 지금 어떻게 돼 있을지 궁금하다. 여태 데드라인을 정하고 뭔가를 실행해본 적이 없어서 자신 있게 장담하지는 못하겠다. 미안하다.

그래서! 나는 지금 2018년, 올해 안에 책을 내겠다는 목표 아래 글을 쓰고 있다. 만약 그대가 이 글을 읽고 있다면 '기한의 증거' 가 되었음을 알아달라.

내딛고, 레디 고, 렛 잇 고

전 세계 아빠들을 바쁘게 만들었던 영화가 있다. 그렇다. 〈겨울 왕국〉이다.

이 영화의 백미는 뭐니 뭐니 해도 언니 엘사가 다른 사람들과 다름을 숨기지 못하고, 그들에게 피해를 주지 않기 위해 눈 덮인 산으로 숨어들어 자신만의 얼음 왕국을 세우는 장면이다. 엘사는 〈Let It Go〉라는 멋진 노래를 부르며 앞으로 자신만의 세계에서 당당한 여왕으로 살고자 하는 의지를 드러내고 결단을 내린다.

그런데 나는 이 장면이 멋지게만 보이지 않았다. 엘사도 나와 같은 은둔형 외톨이 세계로 들어갔다고 느꼈다. 말은 당당하게 "과거는 과거일 뿐. 다시 돌아가지 않아"라고 했지만, 사실은 돌아가지 않는 것이 아니라 돌아가지 못하는 것이지 않을까. 엘사를 히키코모리 취급하다니, 디즈니 팬들에게 뒤지도록 맞을 소리다.

나도 그렇게 생각한다.

'사회가 나를 버린 게 아니다. 내가 사회를 버린 거다.'

'이딴 사회, 내가 버려주겠어. 나만의 성에서 살겠어.'

하지만 엘사는 결국 동생 안나와 함께 궁으로 돌아간다.

어느 쪽이 더 행복할까? 자신만의 얼음 왕국일까? 아니면 모두가 어우러져 사는 왕국일까?

우리도 별반 다르지 않다. 틀을 깨고 나가고 싶어 하는 모두가 엘사다.

엘사가 그렇듯 그 당시의 나도 안전만 생각했다. 이대로 살아가는 것이 딱히 불편하지 않았다. 하지만 겁이 났다. PC 게임에 중독돼, 버라이어티쇼를 보며 현실을 도피하기만 했다. 방에서 뭘 해도 즐겁지 않았다.

병원 치료를 못 받아본 것이 아쉽다. 조금이라도 빨리 빠져나올 수 있었을지도 모르기 때문이다. 내게는 안나가 없었다. 하지만 이 책을 통해 그대들에게는 안나가 주위에 넘쳐나길 희망해 본다.

그런 의미에서 'Let It Go'가 내버려두란 의미가 아니라 세상을 향해 발걸음을 '내딛고' 라는 뜻이 돼줬으면 좋겠다.

───────────────────────────

▨ 추신

내가 〈겨울왕국〉을 히키코모리의 방처럼 보는 또 다른 이유는 그곳을 지키는 거대한 눈 괴물 때문이다. 이 괴물은 엘사가 바깥세상과 단절을 결심하면서 스스로 만든 벽이 아닐까 생각한다. 사실은 나도 아직 이 눈 괴물을 품고 있다. 그래서 사람들과 있을 때 불쑥 그것이 나타나 벽을 만들기도 한다.

○ 희망

나의 희망은 나와 비슷한 처지에 있는 사람에게 희망을 주는 것이다. 몇 분은 감히 네놈 따위가 희망을 운운한다고 질타할지도 모르겠다. 그런데 희망이란 녀석이 원래 부유하고, 건강하고, 정상적인 사람들보다는 우리 같은 사람들에게 더 잘 보인다. 오히려 희망이 먼저 찾아올 때도 있다.

~~~~~~

▨ 추신

그리고, 나의 소원은 우리 같은 사람들에게 더 이상 희망이라는 말이 필요하지 않게 되는 것이다.

° 컬링

2018 평창 동계올림픽에서 여자 국가 대표 컬링 팀을 보고 깨달은 것이 있다. 바로 주변인들의 격려와 도움이 얼마나 필요한지를 말이다.

내가 본 컬링 경기는 단순했다.

작전을 짠다. 각도와 거리를 잰다. 던진다. 닦는다. 소리친다.

"영미! 영미~!"

잘못이 있더라도 팀으로 격려하고 응원한다. 가족, 친구와 한 팀이다.

목표를 짠다. 방향성을 찾는다. 세상 밖으로 몸을 던진다. 마음가짐을 새로이 한다. 주변에서 소리쳐준다.

"도와줄게. 이제 나와~"

잘못이 있더라도 가족과 친구로 격려하고 응원한다.

그렇게 가족, 친구가 한 팀이 돼 도와준다.

내가 겪은 방 탈출 게임은 이와 크게 다르지 않다.

○안녕하세요

　강연장을 찾아 나섰다. 오늘은 도전하고 싶은 것이 있다. 바로 사람들에게 "안녕하세요"라고 말하는 것이다.

　나는 아직도 낯선 사람에게 먼저 이 말을 스스럼없이 건넬 용기가 없다. 집에서 거울을 보며 연습하지만, 막상 밖으로 나가면 입이 떨어지지 않는다.

　오늘도 이 한 마디를 먼저 해보려다 입을 다물었다. 고맙게도 누군가가 먼저 내게 인사해왔다.

　"안녕하세요."

　이 말을 듣는 순간, 온몸에 전율이 흐른다. 이 전율을 누군가도 기다리고 있겠지?

° 공통점

나는 방 안이 마치 다시 아기가 되어 돌아간 어머니의 뱃속 같기도 하고, 성장과 방황으로 변태 중인 고치 안 같기도 했다.

이 두 가지의 공통점이 뭔지 아는가?

결국은 나온다. 결국은 세상 밖으로 나온다.

그대가 어떤 사람으로 변화하여 나올지는 알 수 없다. 나비가 돼서 나올지 나방이 돼서 나올지 나는 모른다.

힘들게 세상 밖으로 나왔는데 고난이 기다리고 있을 수도 있다. 나비도 비바람을 헤쳐 나가야 하듯이, 그대도 나쁜 사람을 만나거나 또 다른 상처를 받을지도 모르겠다.

하지만 밖으로 나왔다는 것에 박수를 쳐주고 싶다. 좀 늦으면 어떤가. 앞으로 더 많은 것을 보고 더 넓은 세상을 즐기면 된다.

▨ 추신
용기 내줄 그대에게 미리 감사합니다.

°봉투네장

　자기계발서는 고놈이 고놈 같다. 하나같이 원하는 것을 상상하고, 성공한자를 따라 하고, 긍정적인 마음을 가지라고 한다. 아니면 남들도 다 힘들다며 등을 토닥토닥 해주거나.

　그래서 나는 책을 쉽게 믿지 않는다. 똑같은 삶의 지혜를 이곳저곳에서 알려줄 때 '이건 맞는 말이구나!' 하고 깨닫는 경우가 많다.

　일러스트레이터이자 작가인 우노 다마코는 《좋은 운을 부르는 행동법》에서 방을 청소하고 환기하는 것만으로도 좋은 운을 부른다고 했다. 베스트셀러 작가인 곤도 마리에 역시 《인생이 빛나는 정리의 마법》에서 청소하는 것, 방을 정리하는 것으로 인생이 바뀐다고 했다.

　영화 〈리미트리스〉에서 지질한 인생을 사는 남자 주인공이 먹기만 하면 뇌를 100퍼센트 활용하는 약을 먹고 제일 먼저 한 행동이 바로 청소와 정리였다.

　〈백종원의 골목식당〉이란 프로그램에서도 장사가 안 되는 식당에서 손님이 많이 오는 가게로 변화시키기 위해 백종원 씨가 제일 먼저 한 것이 필요 없는 주방용품과 재료를 버리고 주방을 청소하는 것이었다.

이런 내용이 머릿속에 축적되다 보니 마냥 흘려버릴 수가 없었다. 그렇게 되는지 안 되는지 도전해보고 싶었다.

커튼을 걷고, 창문을 열어 환기부터 시켜본다. 어디서부터 손을 대야 할지 막막하지만 깨끗해진 방을 보며 뿌듯해할 나를 그려본다. 좋아, 시작해보자! 까짓것.

탄력받은 김에 동네 마트에서 큰 쓰레기봉투를 사 온다. 방에 있던 쓰레기를 버리는 데 대용량 쓰레기봉투 네 장이 들어갔다.

믿든 말든 그 뒤로 인생이 바뀌었고, 운도 좋아졌으며, 더 나다운 삶을 살고 있다. 지금 이 책을 쓰는 도중에도 방은 엄청나게 정리가 잘된 상태 그대로다.

나를 따라 하라는 소리가 아니다. 마음속에서 변화의 목소리가 들려올 때 한번 시도라도 해보면 삶의 방향을 바꿀 수 있을지도 모른다는 것을 알려주고 싶었다.

시작은 이렇게 하는 것이다. 간단한 것부터.

대한 독립 만세

언젠가 내 방을 완전히 벗어나
일자리 근처로 독립한다면
나 스스로도 자랑스럽고 뿌듯하겠지만
부모님이야말로 눈물의 만세를 부르실 것이다.
방에 대한 독립은 그대와 나,
우리 부모님들까지 모두의 만세다.

이미 늦었는지도 모르지만

  방에서 흘려보내는 시간을 스스로에게 내리는 벌이라고 생각한 적이 있다. 놀고 있지만 자책하게 되고, 아무도 뭐라 안 하는데도 좌절하는 학대의 장소. 남과 다름에서 나오는 비루함. 그러면서도 바뀌는 것이 없는 일상. 나도 그런 줄만 알았다. 남보다 뒤처진다는 두려움이야말로 나를 가장 고통스럽게 만들었다.

  그러다 생각을 전환하게 된 계기가 있었다.

  〈미운 우리 새끼〉라는 버라이어티쇼에서 1990년대 최고 MC인 주병진 아저씨를 봤다. 노총각 연예인들이 주병진 씨 집에 갔는데, 정말 으리으리하고 멋졌다. 성공한 사람이나 가질 수 있는 집처럼 보였다. 집을 찾아간 후배 노총각 연예인들의 반응도 나와 별반 다르지 않았다. 다들 부러워했다.

  그런데 아저씨는 전혀 예상치 못한 말을 꺼냈다. 좋은 집은 한낱 껍데기라고 했다. 혼자이기에 따뜻한 집이 아니라고 했다. 뜨끔했다. 사랑하는 사람들이 함께할 때 비로소 이 집이 완성될 것이라는데, 그의 진심이 느껴졌다. 그리고 이어진 말에 가슴이 철렁했다.

"내가 가진 전 재산과 너희 나이와 바꿀 수 있다면 나는 그렇게 하겠다."

그래서 사랑하는 사람을 만나겠다고 했다. 놀러 온 노총각들은 40대 후반이었다.

나는 그들보다도 어리다. 내가 가진 것은 그뿐이지만, 힘이 났다. 늘 어차피 늦은 인생이라고만 생각했다. 그 대화에서 진심과 부끄러움을 동시에 느꼈다.

'누군가보다는 뒤처졌지만, 누군가에게는 부러운 나이일 수도 있구나.'

비록 가진 것 없이 예측할 수 없는 미래를 보며 스스로 노력할 뿐이지만, 10년 뒤에 10년 전의 오늘에 성실하지 않을 것을 후회하고 싶지 않아졌다.

그래서 나는 오늘도 움직인다. 지금은 응원해주는 이 하나 없지만, 10년 뒤에 '오늘 열심히 하길 잘했어'라고 느끼도록 한 걸음씩 도전한다.

◦롱테이크 기법

"컷!"

누군가 나를 향해 걸어온다. 금방이라도 울음을 터뜨릴 것 같은 얼굴이다. 메인 목으로 입을 연다.

"재주 씨, 해냈습니다. 10년입니다! 10년!"

감독으로 보이는 이 작자는 누가 봐도 지쳐 있다. 나 또한 긴 촬영에 지쳤는지, 내가 나비인지 나비가 내 꿈을 꾸는지 모를 정도로 정신이 혼미하다. 이내 곧 정신 차리고 대답한다.

"아이고, 수고가 많았습니다. 고생하셨어요."

"근데요, 재주 씨. 영화에서 롱테이크라는 카메라 촬영 기법은 대부분 멋지고 역동적인 액션 신에 쓰이지 않나요?"

"그렇죠. 역시 뭘 좀 아시네요! 어떤 장면을 한 카메라로 NG 없이 한 번에 길게 계획한 대로 찍어내는 방법이니 아무래도 역동적인 장면을 담는 게 좋죠."

"근데 이렇게 멋없고 무기력한 모습만 10년을 찍었는데 누가 볼까요?"

"그걸 왜 저한테 물어보시나요? 감독은 그쪽인데요."

"네? 전 카메라 감독인데요?"

"그럼 감독은?"

"재주 씨가 감독 겸 배우잖아요."

"…."

° 대항해시대

AT 컴퓨터 시절, 도스로 부팅하고 디스크를 넣어 하던 PC 게임 중 〈대항해시대〉라는 게임이 있었다. 강산이 세 번 정도 바뀔 때까지 무슨 뜻인지 몰랐는데 이제야 알게 됐다.

콜럼버스는 말했을 것이다.

"왜? 계속 앞으로만 나아가다 보면 네모난 지구 끝에 도달해 절벽 아래로 떨어질 것 같나?"

콜럼버스는 서쪽으로, 서쪽으로 나아가다 보면 동쪽이 나오리라 확신했다. 그리고 겁을 내지 않고 실행에 옮겼기에 신대륙을 발견할 수 있었다. 이로 인해 대항해시대가 도래했다고 한다.

막상 방에서 나와 어딘가로 가다 보면 아무것도 없는 낭떠러지가 기다리고 있을 것 같았지만, 실상은 그렇지 않았다. 방을 등지고 나갔다가 새로운 것을 장착하고 방으로 돌아올 수 있었다. 작지만 스스로 발견해낸 작은 신대륙이었다.

이제부터 그 새로운 대륙에서 사람들을 만나 정보를 나누고, 지식을 파는 시대가 도래할 것이다. 그대들을 통해서 말이다.

내가 콜럼버스가 됐으니 그대가 대항해시대를 열어주길 바란다.

◦ 제공

일본 드라마나 애니메이션을 보면 항상 나오는 멘트가 있다. 대체로 오프닝 음악이 끝나거나 극 중간쯤 나온다.

나는 이야기가 마지막에 가까워진 지금, 깔겠다.

대략 이런 느낌이다.

일본 여성 성우 목소리 : (この番組は 고노방구미와)

나의 해석 : 지금 이 책은,

일본 여성 성우 목소리 : (ご覧のスポンサーの提供で, 고란노스폰사노데쿄데)

나의 해석 : 나와 그대 가족과 그대 친구, 그대가 만나게 될 모든 사람이 은하계를 통 틀어 오직 하나뿐인 존귀한 존재인 그대를,

일본 여성 성우 목소리 : (お送りします, 오쿠리시마스)

나의 해석 : 후원합니다.

○ 키보드

내 입으로 말하기 부끄럽지만, 다 큰 어른이 어머니께 용돈을 받고 은행 세 군데를 돌아다니며 심부름을 할 때가 있었다. 은행마다 번호표를 받고 마냥 기다리기가 지루해 여기저기를 기웃거리다 평소에 보지 못했던 공통점을 발견하게 됐다. 키보드 오른쪽에 있는 숫자 키가 지워지다시피 닳아 있었다.

'이 누나들(지금 생각해보니 나보다 어릴지도 모르겠다), 이렇게나 엄청 키보드를 두드려대니 닳을 수밖에 없지.'

심부름을 마친 나는 용돈도 받았겠다, 오랜만에 밖에 나온 김에 PC방으로 발길을 돌렸다. 신나게 총싸움 게임을 하던 중 또다시 키보드가 눈에 들어왔다.

'어랏? 여기도 특정 키보드 키만 지워져 있네.'

바로 W, A, S, D다. 게임에서 방향 키로 많이 쓰이는 키들이 지워져 있었다.

'폐인 놈들, 게임만 엄청 하는구먼.'

한참 뒤에 내 방에서 컴퓨터를 하다가 'Pause Break' 키를 처음으로 눌러봤다. 한 번도 누를 일이 없었던 것 같은데, 어떤 이유로 누르게 됐다. 그러고는 잠시 그 키를 쳐다봤다. 생각해보니 그 키를 주의 깊게 본 적이 한 번도 없었다. 그렇게 오랜 기간 컴퓨터를 해오면서 키보드를 주의 깊게 본 적이 없었다.

그러다 불현듯 이런 생각이 떠올랐다.

'그래, 너란 녀석도 눌리는 날이 있구나.'

갑자기 그 키가 나일지도 모른다는 생각이 들었다.

'너 같은 키도 눌리는데, 나도 언젠가 누구의 요청이나 기회로 쓰이지 않을까? 나는 단지 자주 눌리는 키가 아닐 뿐, 언젠가 애처럼 쓰이지 않을까?'

방황기를 살아내기란 참으로 힘들다. 너무나 자주 이 사회에 아무런 쓸모가 없다고 무력감을 느낀다. 그러다 이처럼 뜻밖의 사물을 보면서 잠시나마 기분 좋은 위안을 받을 때도 있다. 나 같은 멍청이에게 이런 생각들이 떠오르는 것은 그만한 이유가 있어서일 것이다.

나는 믿는다.

이 세상을 사는 그대라는 키보드도 분명 어떤 기회와 필요에 의해 반드시 쓰일 날이 올 것이다.

ㅇ ㅇ ㅈ?

방에서만 지내다 보면 현실감각이 떨어진다. 요즘 만들어지는 용어나 단어를 부정하며 싫어하게 된다. 이상한 용어를 만들어내는 젊은것들이 꼴 보기 싫다. 세종대왕님께 죄짓는 일이라고 생각한다. 이러려고 한글을 만들었나, 아마 눈물이 나실 거다. 그렇게 모든 것을 부정적으로 생각하고, 사람들과 단절하며, 스스로를 계속 고립시킨다.

그런데 사람이란 참 간사하다. 세상으로 발을 옮기게 되자, 은둔형 외톨이 때 그렇게 거부했던 용어나 낯선 모든 것에 대한 생각이 바뀌었다.

'세종대왕님께서도 자신이 창제하신 우리글을 가지고 온 백성이 이렇게나 재미나게 변형해 쓰고 있다는 것을 아시면 흐뭇해하시지 않을까?'

내가 생각해도 소름 끼친다. 눈물 흘리실 것 같다더니 이제는 흐뭇해하실지도 모른다니.

사이코패스인가? 아니, 가뜩이나 히키코모리였는데 사이코패스까진 겁나니까 그냥 변덕쟁이쯤으로 해두자.

이 표현을 만든 사람이 묻고 있는 것 같다.

"세상 밖으로 나오니 다 달라 보이지? ㅇㅈ?"

나는 대답한다.

"어. 인정!"

°정신 차릴 지혜

  '응?'

  반사적으로 하늘을 올려다본다. 그 순간, 내 망막으로 안약 한 방울이 떨어진다. 곧이어 코에, 볼에 한 방울씩 떨어진다. 애매한 빗줄기, 애매한 거리다. 주위를 둘러보며 고민에 빠진다.

  그러는 동안에도 시간은 흐른다. 빗줄기는 이제 "나 비예요" 라고 소리치듯 굵어지고 있다. 일단 빠른 걸음으로 걷자!

  말라 있던 땅이 빠른 속도로 자취를 감추기 시작한다.

  '아직 피해는 그다지 없다. 이제부터 뛰면 돼.'

  막 뛰기 시작한다. 체력이 저질이다.

  '제길, 운동 좀 자주할걸. 헉. 헉.'

  슬슬 몸에 옷이 기분 나쁘게 달라붙기 시작한다.

  '5분. 5분이면 집에 도착한다. 뛰자! 온 힘을 다해 뛰자!'

  초등학교 운동회로 돌아간 듯이 뛰기 시작했다.

  '헥. 헥. 헥. 크흡!'

  내 노력과 간절함은 몰라주고, 하늘은 1분도 안 돼 빗줄기에 서 폭우로 변화시키는 기적을 행했다. 이날이 개천절인 줄 알았다. 하늘이 이렇게 갑자기 열리다니.

내 온몸은 이제 젖을 대로 젖어버렸다. 우물에 빠진 생쥐가 됐다. 터질 것같이 쿵쾅쿵쾅 요동치는 심장 소리, 힘들어서 무릎에 두 팔을 짚고 제자리에서 꼼짝도 못 한다. 온몸이 젖어버리든 말든 상관없어진 지 오래다.

이미 포기한 나 자신과 이를 받아들인 나 자신.

'뭐지? 이 좌절감과 허무함은?'

그러다 정신을 차린다. 축축해진 신발과 천근만근 무거워진 몸을 끌고 집으로 걸어간다.

'패잔병들의 마음이 이러했으리라.'

집에 도착한 나. 걸레가 돼버린 옷들을 세탁기에 처박고, 뜨듯한 물로 샤워를 마치고, 따듯한 커피 한잔으로 몸을 녹인다.

어쩌면 지금은 갑작스러운 폭우에 집으로 빨리 달려갈 수도 없고, 더군다나 거친 빗줄기에 앞도 안 보이는 상황일지도 모르겠다. 차라리 그동안 앞만 보고 달려온 인생의 거친 심장박동을 천천히 느낄 수 있는 시간이라고 생각하자. 이왕 이렇게 된 것, 어쩔 수 없는 것은 받아들이자.

다만 더 나빠지기 전에 정신 차리고 다음 할 일을 찾아 실행하는 것. 지금은 그런 지혜가 필요하다.

°세 가지 장애물

가끔은 짧은 울림이 더 깊은 생각을 끌어내기도 한다.

변화가 나를 휘두를까 봐 두려워하고, 위험을 무릅쓰다가 처절히 실패할까 봐 두려워하고, 누군가 당신이 내건 목표나 꿈을 조롱하거나 무시할까 봐 두려워하는 것. 이 세 가지가 바로 진정한 의지와 성장을 가로막는 적들입니다.

스튜어트 에이버리 골드의 《PING》에 나오는 말이다.

◦ 경고

'아니, 이 사람이 왜….'

분명 사람마다 사연이 있겠지만, 예쁘고, 잘생기고, 명예와 인기도 많고, 돈도 많이 버는 사람들도 목숨을 끊는다.

이해가 안 간다. 나는 더 큰 자괴감에 빠진다.

목숨을 버리는 사람들이여, 그대는 두 번 죄를 짓는 것이다. 그대가 그런 행동을 하면 나같이 겁 많고 하찮은 사람은 어떻게 살아가란 말인가. 다시 태어나거든 다신 나를 비롯한 많은 사람들에게 상처를 주지 마라.

우리가 흔들리지 않도록 제발….

절대, 절대, 절대 그대를 걱정하는 것이 아니다. 나와 우리를 걱정하는 것뿐이다. 나는 나만 아는 이기적인 사람이다.

그러니 앞으로 이런 마음을 먹을 사람에게도 경고한다. 그대가 유명하건 그렇지 않건 중요치 않다. 목숨을 버리는 짓 따위 하지 마라. 다신 나를 비롯한 많은 사람들에게 상처를 주지 마라.

우리가 흔들리지 않도록 제발….

° 큐브

'나는 바보인가?'

큐브가 내 눈에 들어온 날, 몇 십 분째 이리저리 돌리고 맞춰 본다. 어떻게 해서든 혼자 풀어보고 싶었나 보다.

끙끙대는 나를 보니 답답했나 보다. 친구가 해서는 안 될 말을 꺼낸다.

"어떻게 하는지 알려줘?"

'건방진 놈. 자기도 어디서 배웠을 거면서.'

나는 거절의 손사래를 날린다. 다시 몇 번이나 끙끙댄 뒤에야 입을 열었다.

"나 이거 줘."

"네가 사."

공짜로 큐브 하나 얻으려고 했는데 안 먹혔다. 다시 몇 번이나 끙끙댄 뒤에야 나는 한 면의 색을 통일시킬 수 있었다.

"봤냐?"

친구는 내 의기양양한 태도에 어이없어하며 다시 해서는 안 될 말을 꺼낸다.

"그냥 유튜브 같은 데서 큐브 빨리 푸는 방법을 봐."

친구가 다시 가져가는 바람에 한 면밖에 풀지 못했지만 정답을 보고 풀지 않았다. 느리지만 나다운 행동이었다.

'잘했어, 재주야. 그동안 누가 알려준 대로만 살았잖아. 이제부터는 늦더라도 혼자 도전해보는 거야. 언젠가 너만의 인생 큐브를 모두 맞출 날이 올 거야.'

°휴게소

개그우먼 이영자와 매니저가 나오는 프로그램을 봤다. 이영
자는 지방 스케줄이 있는데, 가는 도중에 계속 휴게소에 들른
다. 각각의 휴게소에 각기 다른 먹거리가 있어서다.

너무나 웃기고 신선했다. 어떻게 저 많은 음식들을 다 기억하
고 찾아서 즐길 수 있을까? 대단하다.

계속되는 휴게소 방문에 매니저는 피곤해했지만, 점차 잘 얻
어먹으면서 즐기게 됐다.

휴게소는 장시간 운전하다가 피곤할 때 쉬어 가라고 만든 장
소다. 요리를 즐기는 곳으로 만든 곳이 아니다. 하지만 이영자
는 전혀 다른 목적으로 활용하고 있었다.

어쩌면 나도 많은 사람들이 잠시 쉬어 가는 휴게소를 머무름
의 장소, 위로 받는 장소라는 다른 목적으로 활용하고 있었던
것 같다. 그 한 휴게소에서 모든 것을 다 해결하면서 말이다.

이영자 누나도 많은 휴게소를 거치면서 끝내 스케줄 장소로
향하더라. 나도 한 군데 휴게소에서 많은 것을 즐겼으니 이제
스케줄 장소를 찾아 나아갈 때다.

°자기최면

집 밖으로 나서는 이 순간은 언제나 설렘, 두려움, 귀찮음이 삼국지 놀이를 한다.

귀에 새로 장만한 무선 이어폰(인터넷에서 2만 원 하는 걸 강남 지하상가에서 3만 5,000원에 덤태기 써서 구입했다)을 꽂고, 신발 끈을 단단히 매고, 가벼우면서도 당당한 발걸음으로 천리 길의 첫 걸음을 뗀다.

비슷비슷한 노래를 들으면서 20분을 걷다, 전철을 20분 타고, 여전히 흥이 나는 노래를 따라 불러가며 전철을 바꿔 다시 30분을 내달린다. 짜증 나는 신도림역에서 마지막으로 전철을 옮겨 타 다시 30분을 가면 목적지에 도착하고, 이내 나를 반겨줄 사람들의 모습이 하나둘 보인다.

당당하게 문을 열고 들어가 가볍게 목례를 나누면서 두 손으로 긴 시간 같이 와준 이어폰을 귀에서 조심스럽게 빼낸다. 내 귀에만 들리도록 희미하게 노래가 흘러나온다.

"오늘 밤 주인공은 나야 나, 나야 나."

°맛집

'맛집'에 찾아가는 이유가 무엇인가. 당연히 새로운 맛있는 것을 먹기 위해서다.

그러면서도 셀카 찍기 최적의 장소라거나 분위기가 편안하다든가, 사장님과 친하다든가, 직원들이 너무 친절하다든가, 하여간 이곳만 오면 기분이 좋아지니 계속해서 찾는 게 아니겠는가.

잊힐 만하면 찾아가기 위해, 누군가는 자기만의 비밀 장소로, 누군가는 친한 사람들에게 '이런 곳 몰랐지?' 라고 뽐내기 위해 맛집은 존재한다.

'이렇게 편한 곳이 있는지 몰랐지?' 라고 주위 사람들에게 자랑하려고, 이곳이 나만의 비밀 장소라고 혹여나 방을 맛집이라고 생각하진 않겠지?

맛집은 찾아 나서는 것이다. 머물러 있는 곳이 아니라.

이젠 그만 인생 맛집을 찾아 일어설 때다.

○ 운전병

면허를 따자마자 군에서 운전병으로 분류됐다. 그리고 다른 운전이 미숙한 병사들과 함께 8주 동안 운전 연습을 받았다.

말은 안 해도 답답했을 것이다. 어디서 운전 한 번 안 해본 초짜가 입대해서 이렇게 피곤하게 할까, 이렇게 생각한다는 것을 알 수 있었다.

계속해서 실수하고 나아지지 않는 어느 날, 나를 가르치던 선임이 찌푸린 얼굴로 하늘을 살짝 쳐다보고, 다시 강렬한 눈빛으로 나를 응시한 뒤 진지하면서도 근엄하게 말한다.

"운전하다 너 혼자 죽는 건 상관없다. 하지만 네 운전 미숙으로 뒤에 타고 있는 전우들의 목숨까지 위험하게 하진 마라. 항상 네 운전을 신뢰하는 전우들의 생명을 생각하며 운전해라."

나는 지금까지도 운전할 때마다 선임의 이 짧고 강력한 말을 떠올린다. 늘 안전이 먼저다. 늦든 말든 상관없다. 늘 사람이 먼저다.

지금도 이런 마음으로 글을 운전 중이다.

이 책에 탄 그대의 희망이 위험하지 않게….

어제의 이야기이자 오늘의 이야기

며칠 전 기사 하나를 보았다. 중앙일보에 실린 〈방에 틀어박힌 채 늙은 그들… 일본의 40대 히키코모리〉라는 제목의 기사였다. 이런 구절이 있었다.

> 90년대 방 안으로 들어간 이들이 그 안에서 조용히 나이를 먹고 있다는 사실을 많은 사람이 잊고 있었습니다.

방에 틀어박힌 채 서서히 늙고 있는 우리들이 어느덧 중년 히키코모리가 되고 있다는 기사였다. 기사 속 언급되는 히키코모리의 모습은, 너무나 예리하게 나의 처지와 비슷했다. 1990년대 일본에서 생겨난 히키코모리라는 사회 현상은 왕따나 학교 폭력 등으로 인한 몸과 마음의 상처, 계속되는 취업 실패로 인한 자신감의 하락 등이 원인으로 꼽힌다. 현재 일본 내 히키코모리의 숫자는 100만 명을 넘어설 것이라고 한다. 그중 이미 서른 중반을 넘긴 사람도 절반 가까이 될 것으로 보인다고 한다. 숫자에서 차이는 있겠지만, 한국의 상황 역시 크게 다르지 않을 것이다.

재미 하나로 여기까지 읽으신 분들께 갑자기 무거워진 분위기를 조성하여 죄송함을 느낀다. 그저 재미만으로 끝내기 싫었던 저자의 오지랖으로 너그러이 봐주셨으면 한다.

사실 우리는 우리대로 억울한 점이 많다. 인터넷 검색창에 히키코모리를 검색하면 사회생활에 적응하지 못해 집에서 나오지 않고, 자기혐오·우울증과 비슷한 증세를 갖고 있는 사람들을 일컫는 용어라고 나온다. 심각한 문제가 있는 비정상적인 사람인 것이다. 이 정도가 전부라면 그래도 덜 억울할 것 같다. 강력 범죄, 혹은 더 심한 범죄가 발생하기라도 하면 범인이 사회로부터 단절되어 오랜 시간 집에만 있어서 그렇다느니 폭력적인 게임과 야동에 몰두해 있었다느니 하는 얘기가 뉴스에 오르내린다.

그런 의미에서 히키코모리, 백수는 슬픈 존재다. 그들은 늘 자신의 무능함을 질책하고 세상에 도움이 안 되는 자신을 계속해서 가둔다. 이런 사람들을 병적인 존재, 범죄자 취급까지 하는 건 너무 가혹하지 않은가. 물론 그런 사람들 중에 잠재적 범죄자들도 있을 것이다. 옆집에 사는 평범한 사람이 범죄를 저지르고 사회적인 지위가 높은 사람들도 범죄를 저지르듯이 말이다. 범죄 사실에 면죄부를 주자는 것이 아니다. 다만 색안경을 끼고 바라보지 않았으면 하는 작은 바람이다.

　다시 나의 얘기로 돌아올까 한다. 무겁고 어려운 얘기는 나의 성격에 맞지 않을뿐더러 그런 얘기를 늘어놓을 만한 능력도 안 된다.

　방에서 나온 지 1년 정도가 흘렀다. 변화가 있긴 하지만, 소소한 정도다.

　귀여운 조카 때문에 20년 가까이, 그것도 대단한 골초로 활약했던 내가 금연을 하고, 방을 깨끗하게 도배했다. 1년 동안 이 모습을 옆에서 지켜보신 아버지도 함께 금연에 성공하고, 건강을 되찾았다. 지금도 거실 TV 옆에는 나와 아버지의 금연 성공 수료증이 위용을 뽐내고 있다.

　나는 아버지와 그다지 친하지도 않았고, 대화도 거의 없었다. 그뿐이면 차라리 다행이었다. 어머니는 나와 아버지 둘만 두고 밖에 나가지 못하셨다. 항상 불화가 생겼기 때문이다.

　지금은 오전 일곱 시쯤 일어나 아버지와 운동을 하고 온 가족이 함께 식사한다. 내 식탁은 더 이상 내 침대 위와 컴퓨터 모니터 앞이 아니다.

　아버지도 이런 변화에 기분이 좋으신지, 나를 좀 더 이해하려고 내 방에 있는 책을 읽으신다. 어쩌면 1년 동안 나보다 아버지가 더 많이 변했는지 모른다.

　최근 6개월 동안에는 온 가족의 긍정적인 모습만 본 것 같다. 어머니는 친구분들과 처음으로 일본을 놀러 갔다 오셨다. 더 이상 아버지와 나만 집에 남겨둬도 걱정하지 않는다.

　그간 어떻게 살아왔는지를 몸무게를 보니 단박에 알겠다. 몸무게가 80킬로그램에 육박했다. 처음으로 진지하게 운동이 하고 싶어졌다. 마침 주민센터에서 저렴하게 헬스장을 운영하고 있다. 백수인 나에게 안성맞춤이다.

　의욕만 앞섰지, 몸이 몸인지라 뛰고 운동기구를 들어올리는 것은 무리였다. 걸을 수밖에 없었다. 오히려 할 수 있는 것이 이것밖에 없으니 꽤 오래 걸을 수 있게 됐다. 열엿새 동안 꾸준히 걸어서 제법 얼굴의 선이 잡혔다. 오전에는 젊은 분들, 오후에는 주위 어르신들, 저녁 늦게는 아주머니들이 다른 것 좀 하라고 하시지만 내 몸은 내가 안다. 아직은 걷기도 벅차다. 강연장도 자주 찾는다. "안녕하세요"라고 먼저 인사조차 하지 못했던 내 모습은 온데간데없고, 이제는 제법 사람들을 즐겁게 하는 내 자신이 보인다. 놀라운 발전이다. 말도 꽤 조리 있게 하는 것 같다.

그리고 가장 큰 변화. 더 이상 과거를 그리워하지 않는다. 과거보다 더 나은 미래를 만들려고 움직일 뿐이다. 기대보단 별것 없지 않은가? 규칙적인 생활 패턴, 금연, 화목한 분위기에서 가족과 함께하는 식사, 운동을 통한 자기관리, 사람들과의 소통.

요즘은 1인 방송과 SNS, 블로그 등에 도전 중이며, 내가 찾아낸 목표를 향해 이것저것 해보려는 발버둥 치는 정도다. 아직도 백수인 것은 여전하다. 그러나 하루하루를 소중하게 쓴다는 점에서 분명 전과 다르다.

기분 좋은 에너지, 사고의 전환, 열린 마음이 독자들에게 깃들기를 바라며….

여기까지 읽어주셔서 감사드립니다.

행복한 변화로 즐거운 하루하루가 되길 기원합니다.

만렙 집돌이의 방구석 탈출기

어쩌다 히키코모리, 얼떨결에 10년

제1판 1쇄 인쇄 | 2018년 9월 5일
제1판 1쇄 발행 | 2018년 9월 14일

지은이 | 김재주
펴낸이 | 한경준
펴낸곳 | 한국경제신문 한경BP
책임편집 | 김종오
저작권 | 백상아
홍보 | 정준희 · 조아라
마케팅 | 배한일 · 김규형
디자인 | 김홍신
본문디자인 | 디자인 현

주소 | 서울특별시 중구 청파로 463
기획출판팀 | 02-3604-553~6
영업마케팅팀 | 02-3604-595, 583 FAX | 02-3604-599
H | http://bp.hankyung.com   E | bp@hankyung.com
T | @hankbp   F | www.facebook.com/hankyungbp
등록 | 제 2-315(1967. 5. 15)

ISBN   978-89-475-4403-0   03810